大头儿子和爸爸

斑点狗过生日

★ 郑春华 著

拼音版

少年儿童出版社

yì zhī kù zi fēng zheng
一只裤子风筝

xià tiān de dà hǎi biān yǒu hěn duō lái yóu yǒng de rén
夏天的大海边有很多来游泳的人，

hái yǒu hěn duō lái fàng fēng zheng de rén
还有很多来放风筝的人。

　Dà tóu ér zi kàn dào bié ren yóu yǒng jiù xiǎng yóu
大头儿子看到别人游泳就想游

yǒng kàn dào bié ren fàng fēng zheng yòu xiǎng fàng fēng zheng
泳，看到别人放风筝又想放风筝。

kě tā fān biàn le zhī bāo dōu méi you fēng zheng Dà tóu
可他翻遍了25只包，都没有风筝，大头

ér zi xiǎng qi lai le fēng zheng zài jiā zhōng bì chú li de
儿子想起来了，风筝在家中壁橱里的

dà mù xiāng zi hòu mian
大木箱子后面。

dǎ diàn huà huí jiā jiù dǎ gěi guǐ qǐng tā bāng wǒ
"打电话回家！就打给鬼！请他帮我

sòng lai Dà tóu ér zi dǔ qì de shuō
送来！"大头儿子赌气地说。

Xiǎo tóu bà ba shuō bié zháo jí wǒ lái tì nǐ zuò
小头爸爸说："别着急，我来替你做

yí gè ba
一个吧！"

hòu lái tā men jiù yòng bīn guǎn li de jiù bào zhǐ zuò
后来他们就用宾馆里的旧报纸做

le yí gè xiǎo xiǎo de fēng zheng
了一个小小的风筝。

kě shì méi you xiàn ya Dà tóu ér zi yòu bǎ
"可是没有线呀！"大头儿子又把25

zhī bāo fān le yí biàn lián gēn xiàn tóu yě méi you
只包翻了一遍，连根线头也没有。

　　nà shì shén me　　　Xiǎo tóu bà ba hū rán zhǐ zhe yì
"那是什么？"小头爸爸忽然指着一

biān chǎng kai zhe de yì zhī hóng bāo wèn
边 敞 开着的一只红包问。

　　nà lǐ miàn quán shì Wéi qún mā ma de dōng xi
"那里面 全是围裙妈妈的东西！"

Dà tóu ér zi jué de Xiǎo tóu bà ba hǎo qí guài
大头儿子觉得小头爸爸好奇怪。

　　nǐ zhè ge shǎ dà tóu ya　　　Xiǎo tóu bà ba yòng shí
"你这个傻大头呀！"小头爸爸用食

zhǐ diǎn yí xià Dà tóu ér zi de bí zi　　jiù zǒu guo qu cóng
指点一下大头儿子的鼻子，就走过去从

hóng bāo li ná chu yí dà dài
红包里拿出一大袋……

　　nà quán shì Wéi qún mā ma de cháng tǒng sī wà
"那全是围裙妈妈的 长 筒丝袜！"

bà ba cái shì shǎ xiǎo tóu li
爸爸才是傻小头哩！

　　zhǐ jiàn Xiǎo tóu bà ba jiāng Wéi qún mā ma de cháng tǒng
只见小头爸爸将围裙妈妈的 长 筒

sī wà quán bù dào chu lai　　dà gài yǒu sān shí shuāng ne
丝袜全部倒出来，大概有三十 双 呢！

rán hòu jiāng tā men yì zhī lián yì zhī jì zài yì qǐ　　Dà tóu
然后将它们一只连一只系在一起。大头

儿子一下子明白了："小头爸爸好聪明哦！"他高兴得好像要去吃掉长筒丝袜似的。

"轻点！别让围裙妈妈听见！"小头爸爸急忙提醒大头儿子。要是让围裙妈妈知道他们把她的丝袜当风筝线用，非气得把他们的风筝撕掉不可，说不定还会罚他们自己每天洗袜子、内裤，自己每天早晨把床铺好把被子叠整齐……

六十只长筒丝袜连在一起，真的很长很长哎，把它缠在电视遥控

qì shang zú yǒu yí gè qiú nà me dà　　Dà tóu ér zi zài yě
器 上 足 有 一 个 球 那 么 大，大 头 儿 子 再 也

bú yòng dān xīn yīn wei tā tài duǎn　　ér wú fǎ jiāng fēng
不 用 担 心 因 为 它 太 短 ， 而 无 法 将 风

zheng fàng dào tiān shàng qù le
筝 放 到 天 上 去 了。

　　chū mén de shí hou　　Wéi qún mā ma zhǐ zhe bào zhǐ
　出 门 的 时 候 ， 围 裙 妈 妈 指 着 报 纸

fēng zheng shuō　　yào shi méi you tài yáng　　wǒ zhēn xiǎng
风 筝 说 :"要 是 没 有 太 阳 ，我 真 想

gēn nǐ men yì qǐ qù kàn kan zhè zhī fēng zheng néng fēi duō
跟 你 们 一 起 去 看 看 这 只 风 筝 能 飞 多

gāo
高！"

　　hái hǎo tài yáng gāo gāo de　　liàng liàng de　　xiàng shí
　还 好 太 阳 高 高 的 、亮 亮 的 ， 像 十

zì lù kǒu de hóng dēng　　dǎng　　zhù le Wéi qún mā ma de
字 路 口 的 红 灯 "挡" 住 了 围 裙 妈 妈 的

jiǎo　　Dà tóu ér zi hé Xiǎo tóu bà ba táo yí yàng de bēn
脚 。大 头 儿 子 和 小 头 爸 爸 逃 一 样 地 奔

xiàng hǎi biān
向 海 边 。

　　āi yā　　fēng zheng gēn běn fēi bu qǐ lái　　yīn wei
　哎 呀！风 筝 根 本 飞 不 起 来 ，因 为

5

用丝袜做的线太重了，而报纸做的风筝又太轻。大头儿子撇撇嘴巴，失望得快要哭出来了。小头爸爸忽然一笑，说："我有办法，就看你愿不愿意了。"

"愿意！"只要让风筝飞上天，大头儿子没有不愿意的事。

"可以用裤子代替风筝。"小头爸爸斜视眼一样盯着大头儿子的沙滩短裤。

大头儿子低头看看自己很酷的短裤，"好！我用毛巾把屁股包起来！"他很爽

kuai de dā ying le　　rán hòu xùn sù tuō xia kù zi　　ràng Xiǎo
快地答应了，然后迅速脱下裤子，让 小

tóu bà ba bǎ tā gǎi chéng kù zi fēng zheng
头爸爸把它改 成 裤子风 筝。

　　　hǎo bàng ai　　kù zi fēng zheng fēi de
　　好 棒 哎！裤子风 筝飞得

zhēn gāo ya　　hǎi biān de dà fēng jiāng xǔ
真 高 呀！海边的大风 将许

duō fēng zheng dōu chuī de zài kōng zhōng zhí fān gēn tou　zhǐ yǒu
多 风 筝 都 吹 得 在 空 中 直 翻 跟 头, 只 有

kù zi fēng zheng wěn wěn de　　yīn wei kù zi bǐ zhǐ zhòng
裤 子 风 筝 稳 稳 的, 因 为 裤 子 比 纸 重 ,

yīn wei qiān zhe tā de sī wà bǐ xiàn cū
因 为 牵 着 它 的 丝 袜 比 线 粗 。

　　kù zi fēng zheng yuè fēi yuè gāo　　hǎo xiàng yào fēi dào
　　裤 子 风 筝 越 飞 越 高, 好 像 要 飞 到

dà hǎi nà biān qù xuàn yào yí yàng　　Dà tóu ér zi qiān zhe
大 海 那 边 去 炫 耀 一 样, 大 头 儿 子 牵 着

tā pǎo guo lai bēn guo qu gāo xìng de hǎo xiàng yào gēn
它, 跑 过 来, 奔 过 去, 高 兴 得 好 像 要 跟

kù zi fēng zheng yì qǐ fēi shang tiān le
裤 子 风 筝 一 起 飞 上 天 了!

hěn lěng hěn lěng de yè wǎn
很 冷 很 冷 的 夜 晚

Dà tóu ér zi hé Xiǎo tóu bà ba jīn wǎn dōu xiǎng zài
大头儿子和小头爸爸今晚都想在
hǎi biān zhù yí yè
海边住一夜。

fǎn zhèng wǒ men yǒu zhàng peng　　　Xiǎo tóu bà ba
"反正我们有帐篷！"小头爸爸

shuō
说。

fǎn zhèng wǒ men zhàng peng yǐ jīng dài lai le　　Dà
"反正我们帐篷已经带来了！"大

tóu ér zi shuō
头儿子说。

fǎn zhèng wǒ yǐ jīng gēn nǐ men shuō guo le　yè li
"反正我已经跟你们说过了，夜里

shuì zài hǎi biān yào zháo liáng de　　Wéi qún mā ma shuō wán
睡在海边要着凉的！"围裙妈妈说完，

jiù jìn yù shì xǐ zǎo qù le　　děng Wéi qún mā ma cóng yù shì
就进浴室洗澡去了。等围裙妈妈从浴室

li chū lai　　Dà tóu ér zi hé Xiǎo tóu bà ba yǐ jí nà dǐng
里出来，大头儿子和小头爸爸以及那顶

lán bái shuāng sè de zhàng peng hé bīng xiāng li de miàn bāo
蓝白双色的帐篷和冰箱里的面包、

niú nǎi　　huǒ tuǐ cháng dōu bú jiàn le
牛奶、火腿肠都不见了。

zhè huì er tiān hái méi you wán quán hēi xia lai　　dà hóng
这会儿天还没有完全黑下来，大红

pí qiú shì de tài yáng hǎo xiàng yào dào hǎi li qù xǐ zǎo le
皮球似的太阳好像要到海里去洗澡了，

zhèng yì diǎn yì diǎn wǎng xià luò
正一点一点往下落。

10

"小头爸爸，真棒！我们真棒！"大
头儿子兴奋得只会说这一句话了，他把
带来的所有食物都拿出来，放在小头爸
爸已经铺好的餐巾上，开始美妙的野餐
了！

大概是烤香肠的香味引来了许多
海鸥，他们把面包往空中扔去，海鸥
们飞作一团，叫着抢着，把大头儿子给
乐坏了。

后来天黑了，他们就钻进帐篷里
睡觉了。

"小头爸爸，我不害怕的。你呢？"大

头儿子听着"哗啦哗啦"的海浪 声 说。

"我有点害怕,这 声 音 跟 狼吼似的。"

小头爸爸说着往 大头儿子那儿挤了挤,

大头儿子就 伸 手 拍拍爸爸。

后来大头儿子 想 睡了,却怎么也睡

不 着 ,因为他感觉越来越冷。

"围裙妈妈说得对,夜里海边 真 冷!"

小头爸爸用 手 臂使劲搂紧大头儿子,可大

头儿子还是说"冷死了"!

"这会儿围裙妈妈 真 舒服, 在 空调

房 间盖着被子呢!"大头儿子羡慕地说。

"是啊,要是这会儿围裙妈妈煮一锅

热气腾腾的鸡汤送来给我们喝，我们
就不会这么冷了。"小头爸爸说完还咂
了一下嘴巴。

"我不要围裙妈妈给我们送鸡汤，
我要围裙妈妈给我们送鸭绒被和羊毛
毯，那盖在身上才暖和哩！"……
他们这么说着，想着，就好像拿
到、吃到了这些让他们暖和的东西，
慢慢就睡着了。不过后来，他们是真的
越睡越暖和了，一直睡到清晨被渔民
的歌声唱醒。

"咦？天还没有亮呢，怎么已经有人

zài chàng gē le　　Xiǎo tóu bà ba zhēng kai yǎn jing kàn sì
在 唱 歌 了！" 小 头 爸 爸 睁 开 眼 睛 看 四

zhōu　sì zhōu qī hēi yì tuán
周，四 周 漆 黑 一 团 。

Dà tóu ér zi shuō　yào dǎ kāi chuāng hu kàn　　tā
大 头 儿 子 说：" 要 打 开 窗 户 看 。" 他

zuò qi lai lā kai zhàng peng shang de chuāng lián　yí　zhè
坐 起 来 拉 开 帐 篷 上 的 窗 帘，" 咦？ 这

shì shén me　　zhàng peng wài mian hǎo xiàng yǒu yì céng hòu
是 什 么？ " 帐 篷 外 面 好 像 有 一 层 厚

hòu de dōng xi dǎng zhe
厚 的 东 西 挡 着 。

Xiǎo tóu bà ba gǎn jǐn shēn shǒu yì mō　máo cāo cāo
小 头 爸 爸 赶 紧 伸 手 一 摸，毛 糙 糙

de　tā hào qí de cóng zhàng peng li zuān chu qu　yòu zuān
的，他 好 奇 地 从 帐 篷 里 钻 出 去，又 钻

chu máo cāo cāo de dōng xi　zhōng yú dào le wài mian　kàn
出 毛 糙 糙 的 东 西，终 于 到 了 外 面，看

jian le fā bái de tiān kōng　Dà tóu ér zi nǐ kuài chū lai kàn
见 了 发 白 的 天 空：" 大 头 儿 子 你 快 出 来 看

ya　shì wǒ men de zhàng peng gěi gài shang　bèi zi　le
呀，是 我 们 的 帐 篷 给 盖 上 ' 被 子 ' 了，

suǒ yǐ wǒ men cái zhè me nuǎn huo
所 以 我 们 才 这 么 暖 和！ "

大头儿子钻出去一看，真的，是一张叠了好几层的很大很大的鱼网盖在帐篷上："一定是渔民伯伯给我们盖的！"大头儿子转身指着大海边撒网的渔民们。

渔民们的歌声又飘过来了，像暖暖的风吹过来一样！

diào yì tiáo dà yú huí lai
钓一条大鱼回来

wǎn shang zài bīn guǎn li chī fàn de shí hou　Wéi qún
晚上在宾馆里吃饭的时候，围裙

mā ma wèn　　zhè hǎi li yǒu méi you yú
妈妈问："这海里有没有鱼？"

dāng rán yǒu　　Xiǎo tóu bà ba shuō　　bù rán bīn
"当然有。"小头爸爸说，"不然宾

16

guǎn li de yú cóng nǎ er lái
馆里的鱼从哪儿来？"

nà nǐ men wèi shén me bú diào yì tiáo dà yú huí lai
"那你们为什么不钓一条大鱼回来？

tài yáng luò shān yǐ hòu wǒ men dào hǎi biān qù kǎo zhe chī yǒu
太阳落山以后我们到海边去烤着吃有

duō bàng Wéi qún mā ma tíng zhù kuài zi shuō
多棒！"围裙妈妈停住筷子说。

méi wèn tí Xiǎo tóu bà ba shuō nǐ míng tiān
"没问题。"小头爸爸说，"你明天

bàng wǎn jiù dào hǎi biān lái wǒ men diào de yú kěn dìng bǐ
傍晚就到海边来，我们钓的鱼肯定比

nǐ de pí xié hái yào duō hái yào dà dào shí hou nǐ jiù jǐn
你的皮鞋还要多，还要大，到时候你就尽

guǎn kǎo zhe chī ba
管烤着吃吧！"

dì èr tiān yí dà zǎo Xiǎo tóu bà ba hé Dà tóu ér zi
第二天一大早，小头爸爸和大头儿子

dài zhe zū lai de diào yú gān jiù dào hǎi biān diào yú qù le
带着租来的钓鱼竿，就到海边钓鱼去了。

kě tā men cóng zǎo chen zuò dào zhōng wǔ jìng rán méi
可他们从早晨坐到中午，竟然没

you diào dào yì tiáo yú
有钓到一条鱼。

“鱼大概都去旅游了！”大头儿子眼睛紧盯着海面，然后又拼命往海里撒面包屑，面包屑一会儿就被海水泡软了，根本没有鱼来吃。

“我们再换个地方吧！”小头爸爸说着收起钓鱼竿，往更远的地方走去。

这回真幸运，他们一下就钓到一条不算太大的小鱼，也许有小头爸爸的大拇指那么长。

“它不是大鱼哎！怎么办？”大头儿子又高兴又担心地说。

“没关系，我们赶紧给它喂点吃的，

到了晚上或许能长大很多。"大头儿子听了就把整只羊角面包都扔进鱼桶里。

"它根本就不吃。它大概要吃大螃蟹。"大头儿子对小头爸爸说，小头爸爸就去抓螃蟹，结果抓到一只螃蟹比鱼还小一大半。鱼也不吃螃蟹，它好像害怕似的到处乱游。

"不行不行，这样游下去鱼会更小。"小头爸爸又赶紧把螃蟹抓出来放了。

眼看着到了下午，桶里的鱼还是这么小；等到太阳下山了，桶里的鱼仍

rán méi you yì diǎn diǎn zhǎng dà
然 没 有 一 点 点 长 大 。

　　　　　āi yā　Wéi qún mā ma lái le　Dà tóu ér zi jiào
"哎呀！围裙妈妈来了！"大头儿子叫

qi lai　　zhǐ jiàn Wéi qún mā ma chuān zhe hǎi lán sè lián yī
起 来 ， 只 见 围裙妈妈 穿 着 海 蓝 色 连 衣

qún　zhèng yì niǔ yì niǔ yú kuài de dào hǎi biān lái chī kǎo yú
裙 ， 正 一 扭 一 扭 愉 快 地 到 海 边 来 吃 烤 鱼

li　Xiǎo tóu bà ba gǎn jǐn wān yāo duì zhe Dà tóu ér zi de
哩 ！ 小 头 爸 爸 赶 紧 弯 腰 对 着 大 头 儿 子 的

ěr duo shuō le jǐ jù　rán hòu jiù yì qǐ tí zhe yú tǒng
耳 朵 说 了 几 句 ， 然 后 就 一 起 提 着 鱼 桶 ，

qīng sōng de zǒu xiàng Wéi qún mā ma
轻 松 地 走 向 围裙妈妈 。

　　　　shén me　　　nǐ men　　　zhè jiù shì nǐ men diào de
"什 么 ？ 你 们 …… 这 就 是 你 们 钓 的

dà yú　　Wéi qún mā ma chī jīng de biǎo qíng dào xiàng shì kàn
大 鱼 ？ "围裙妈妈 吃 惊 的 表 情 倒 像 是 看

jian tā men diào dào le yì tiáo jīng yú
见 他 们 钓 到 了 一 条 鲸 鱼 。

　　　　wǒ men què shí diào dào yì tiáo dà yú　Xiǎo tóu bà
"我 们 确 实 钓 到 一 条 大 鱼 ， "小 头 爸

ba jí máng shuō　kě hòu lái wǒ men bǎ tā gěi fàng le
爸 急 忙 说 ， "可 后 来 我 们 把 它 给 放 了 。"

yīn wei　　yīn wei wǒ men xiǎng zhè me dà de yú kěn
　"因为、因为我们 想 这么大的鱼肯

dìng yǒu xǔ duō yú bǎo bao　　　Dà tóu ér zi jiē shang qu
定有许多鱼宝宝……"大头儿子接上去

shuō　　yào shi Wéi qún mā ma bèi yú diào qu chī diào le　wǒ
说，"要是围裙妈妈被鱼钓去吃掉了，我

huì hěn nán guò de
会很难过的！"

　　　　shuō de yě yǒu dào li　　　Wéi qún mā ma xiǎng le
　　"说的也有道理。"围裙妈妈想了

一下又说，"如果大头儿子被鱼钓去吃掉了，我会发疯的。干脆我们把小鱼也放了吧！"

"耶！"大头儿子和小头爸爸高兴地叫起来，然后把小鱼丢进了大海里。

后来他们就把面包切成各种大鱼小鱼的样子，坐在海边烤面包鱼吃，围裙妈妈也吃得很开心。小头爸爸忍不住心里的得意劲，偷偷掐了一下大头儿子的屁股，大头儿子"哎哟"叫起来，逗得围裙妈妈更乐了！

<ruby>发<rt>fā</rt></ruby> <ruby>了<rt>le</rt></ruby> <ruby>疯<rt>fēng</rt></ruby> <ruby>的<rt>de</rt></ruby> <ruby>一<rt>yì</rt></ruby> <ruby>天<rt>tiān</rt></ruby>

<ruby>已<rt>yǐ</rt></ruby> <ruby>经<rt>jīng</rt></ruby> <ruby>连<rt>lián</rt></ruby> <ruby>续<rt>xù</rt></ruby> <ruby>下<rt>xià</rt></ruby> <ruby>了<rt>le</rt></ruby> <ruby>三<rt>sān</rt></ruby> <ruby>天<rt>tiān</rt></ruby> <ruby>大<rt>dà</rt></ruby> <ruby>雨<rt>yǔ</rt></ruby>，<ruby>大<rt>Dà</rt></ruby> <ruby>头<rt>tóu</rt></ruby> <ruby>儿<rt>ér</rt></ruby> <ruby>子<rt>zi</rt></ruby> <ruby>和<rt>hé</rt></ruby> <ruby>小<rt>Xiǎo</rt></ruby> <ruby>头<rt>tóu</rt></ruby> <ruby>爸<rt>bà</rt></ruby> <ruby>爸<rt>ba</rt></ruby> <ruby>也<rt>yě</rt></ruby> <ruby>只<rt>zhǐ</rt></ruby> <ruby>能<rt>néng</rt></ruby> <ruby>连<rt>lián</rt></ruby> <ruby>续<rt>xù</rt></ruby> <ruby>三<rt>sān</rt></ruby> <ruby>天<rt>tiān</rt></ruby> <ruby>待<rt>dāi</rt></ruby> <ruby>在<rt>zài</rt></ruby> <ruby>旅<rt>lǚ</rt></ruby> <ruby>馆<rt>guǎn</rt></ruby> <ruby>里<rt>li</rt></ruby>，<ruby>真<rt>zhēn</rt></ruby> <ruby>是<rt>shì</rt></ruby> <ruby>没<rt>méi</rt></ruby> <ruby>劲<rt>jìn</rt></ruby> <ruby>透<rt>tòu</rt></ruby> <ruby>了<rt>le</rt></ruby>，<ruby>整<rt>zhěng</rt></ruby> <ruby>天<rt>tiān</rt></ruby> <ruby>跟<rt>gēn</rt></ruby> <ruby>个<rt>gè</rt></ruby> <ruby>傻<rt>shǎ</rt></ruby> <ruby>子<rt>zi</rt></ruby> <ruby>似<rt>shì</rt></ruby> <ruby>的<rt>de</rt></ruby> <ruby>站<rt>zhàn</rt></ruby>

在窗口朝外面看。围裙妈妈可高兴
了："让你们也尝尝天天待在旅馆里
的滋味！"她让小头爸爸天天陪她下棋，
让大头儿子天天和她一起到健身房去。

"再这样下去我要疯掉了！"小头
爸爸喊起来，"我们还不如回家哩！"可他
们什么雨具都没有带。

"我不回家！"大头儿子跟着喊，"回
家更没有意思！"

这天在旅馆吃完午饭，小头爸爸忽
然有了个主意："大头儿子，我们下午就
在餐厅帮着整理桌子、椅子，也比待在

wū li qiáng a
屋里强啊！"

　　lǎo bǎn tīng le tè bié gāo xìng　yīn wei Xiǎo tóu bà ba
　　老板听了特别高兴，因为小头爸爸
shuō bú yào gōng qian　hái shuō yào shi míng tiān zài xià yǔ huì
说不要工钱，还说要是明天再下雨会
jì xù bāng zhe zhěng lǐ　chī wǎn fàn de shí hou wǒ huì qǐng
继续帮着整理。"吃晚饭的时候我会请
nǐ hē bēi Dé guó hēi pí　qǐng nǐ de ér zi chī yí fèn zuì dà
你喝杯德国黑啤，请你的儿子吃一份最大
de bīng qí lín dàn tǒng　lǎo bǎn lín zǒu de shí hou lè hē hē
的冰淇淋蛋筒！"老板临走的时候乐呵呵
de shuō
地说。

　　Dà tóu ér zi hé Xiǎo tóu bà ba děng yòng cān de kè ren
　　大头儿子和小头爸爸等用餐的客人
dōu lí kāi yǐ hòu　jiù kāi shǐ tā men de yì wù láo dòng le
都离开以后，就开始他们的义务劳动了。
tā men bǎ zhuō zi　yǐ zi tuī lai tuī qu　yí huì er zhè yàng
他们把桌子、椅子推来推去，一会儿这样
fàng　yí huì er nà yàng pái　gū gū gā gā　de shēng yīn
放，一会儿那样排，"咕咕呷呷"的声音
bǎ lǚ guǎn li　nà xiē tóng yàng méi shì kě gàn de kè ren dōu
把旅馆里那些同样没事可干的客人都

xī yǐn lai le　dōu zhàn zài mén kǒu kàn　yǒu dà ren yǒu xiǎo
吸引来了，都站在门口看，有大人有小

hái　xiǎo hái kàn zhe kàn zhe rěn bu zhù le　yě pǎo jin lai yì
孩，小孩看着看着忍不住了，也跑进来一

qǐ　gū gū gā gā　de tuī　zhè xià shēng yīn gèng dà　bǎ
起"咕咕呷呷"地推，这下声音更大，把

lǎo bǎn yě yǐn lai le　qǐng nǐ men qīng diǎn　bié de kè ren
老板也引来了："请你们轻点！别的客人

huì yǒu yì jian de
会有意见的！"

nǐ fàng xīn　wǒ men huì qīng yì diǎn de　Xiǎo tóu
"你放心，我们会轻一点的。"小头

bà ba rèn zhēn de shuō
爸爸认真地说。

děng lǎo bǎn yì zǒu　Dà tóu ér zi chū le gè zhǔ
等老板一走，大头儿子出了个主

yi　wǒ men hái shi lái wán tuī dèng zi bǐ sài ba
意："我们还是来玩推凳子比赛吧！"

hǎo ōu　hǎo ōu　xiǎo hái zi men dōu gēn zhe tiào
"好噢！好噢！"小孩子们都跟着跳

qi lai huān hū　yīn wei zhè jǐ tiān bǎ tā men biē de dōu xiǎng
起来欢呼，因为这几天把他们憋得都想

yòng gùn zi tǒng wū dǐng le
用棍子捅屋顶了！

DATOU ERZI HE XIAOTOU BABA

小孩子一人推一个凳子开始比起
来，他们就像在真的赛场上一样你
追我赶，谁也不落下。那些无聊的大人发
了疯似的在门口大喊大叫："加油！加
油！"他们的声音盖过了"咕咕呷呷"的
声音，老板又来了，对门口的大人们
说："请你们轻点！别的客人会有意见
的！"

有个大胡子对老板说："你放心，没
有别的客人了，客人都在这儿！"老板看
看，只好走了。

等老板一走，小头爸爸对那些大人

27

说："光看有什么意思？还不如一起进去参加比赛！大人比赛推桌子！"

大人们好像早就心里痒痒了，只见他们"呼啦"一下全涌进去了，没等小头爸爸喊"预备"就一人推一个桌子开始比起来。小孩子一看自己的爸爸妈妈也进来一起比赛，高兴得什么似的，都拼命一边用拳头敲凳子，一边大声喊："冲上去！冲上去！"

老板自然又来了，只见他一手托着一大杯黑啤，一手拿着一个特大蛋筒冰淇淋，直走到小头爸爸和大头儿子的面

qián shuō xiè xie nǐ men nǐ men de gōng zuò yǐ jīng jié
前 说 :"谢谢你们 ! 你们 的 工 作 已 经 结

shù le míng tiān wǒ men bù xū yào le
束 了 ! 明 天 我 们 不 需 要 了 ! "

在 旅 馆 里 拍 合 家 欢
zài lǚ guǎn li pāi hé jiā huān

míng tiān　　Dà tóu ér zi yì jiā jiù yāo lí kāi hǎi biān
明天，大头儿子一家就要离开海边

huí qu le　　Xiǎo tóu bà ba shuō zǒu zhī qián děi dào hǎi biān pāi
回去了。小头爸爸说走之前得到海边拍

yì zhāng hé jiā huān　　děng míng nián lái hǎi biān de shí hou
一张合家欢："等明年来海边的时候

zài ná chu lai kàn kan tǐng yǒu yì si de
再拿出来看看挺有意思的！"

kě tā men zuì hòu wèi le zài shén me shí jiān li pāi zhè
可他们最后为了在什么时间里拍这

zhāng hé jiā huān chǎo de tiān fān dì fù
张 合 家 欢 吵 得 天 翻 地 覆：

dāng rán yīng gāi zài zǎo chen rì chū de shí hou pāi
"当 然 应 该 在 早 晨 日 出 的 时 候 拍！"

Xiǎo tóu bà ba hǎn
小 头 爸 爸 喊。

zhōng wǔ pāi zhōng wǔ hǎi biān rén zuì duō chuán yě
"中 午 拍，中 午 海 边 人 最 多，船 也

zuì duō Dà tóu ér zi jiào
最 多！"大 头 儿 子 叫。

wǒ kàn bàng wǎn qù pāi zuì hǎo yòu méi you tài yáng
"我 看 傍 晚 去 拍 最 好，又 没 有 太 阳，

rén yòu shǎo Wéi qún mā ma shuō
人 又 少！"围 裙 妈 妈 说。

tā men shuí yě bù tīng shuí de zuì hòu zhǐ hǎo jué dìng
他 们 谁 也 不 听 谁 的，最 后 只 好 决 定

zǎo chen pāi yì zhāng zhōng wǔ pāi yì zhāng bàng wǎn pāi
早 晨 拍 一 张， 中 午 拍 一 张， 傍 晚 拍

yì zhāng
一 张。

pāi zǎo chen zhè yì zhāng shì zuì tòng kǔ de yīn wei
拍 早 晨 这 一 张 是 最 痛 苦 的， 因 为

Dà tóu ér zi hé wéi qún mā ma qǐ bu lái ràng Xiǎo tóu bà
大 头 儿 子 和 围 裙 妈 妈 起 不 来， 让 小 头 爸

31

爸足足叫了他们一个半小时，还把电视
打开、音量调到最大，每隔半分钟跑到
门口去连按三次门铃。就这样围裙妈妈
和大头儿子出门的时候还认错了门，一
个劲地直往厕所里冲。

总算等到太阳出来了，小头爸爸
早就摆好了三脚架，他摁了一下自动拍
摄，然后跑回他们两人中间，照相机
就"喀嚓"一声拍好了。

"这张肯定是最棒的！"小头爸爸
精神很好地收起了三脚架。

中午的时候还好，云特别多，特别

hòu bǎ tài yáng gěi dǎng zhù le Wéi qún mā ma zhè cái hěn
厚，把太阳给挡住了，围裙妈妈这才很

bù qíng yuàn de yòu lái dào hǎi biān dāng zhào xiàng jī kā
不情愿地又来到海边，当照相机"喀

chā yì shēng pāi hǎo yǐ hòu Dà tóu ér zi xīng fèn de
嚓"一声拍好以后，大头儿子兴奋地

shuō zhè zhāng hé jiā huān kěn dìng shì zuì hǎo kàn de
说："这张合家欢肯定是最好看的！"

děng dào bàng wǎn de shí hou Xiǎo tóu bà ba hé Dà tóu
等到傍晚的时候，小头爸爸和大头

ér zi yí xià dōu bú jiàn le qì de Wéi qún mā ma zài zhěng
儿子一下都不见了，气得围裙妈妈在整

gè lǚ guǎn li dào chù zhǎo zuì hòu zài dà táng gōng yòng de
个旅馆里到处找，最后在大堂公用的

cè suǒ li zhǎo dào le Xiǎo tóu bà ba zài cān tīng de guǎi jiǎo
厕所里找到了小头爸爸，在餐厅的拐角

shā fā xià zhǎo dào le Dà tóu ér zi
沙发下找到了大头儿子。

tā men zhǐ hǎo gēn zhe Wéi qún mā ma qù hǎi biān pāi dì
他们只好跟着围裙妈妈去海边拍第

sān zhāng hé jiā huān
三张合家欢。

dāng zhào xiàng jī kā chā yì shēng pāi hǎo yǐ hòu
当照相机"喀嚓"一声拍好以后，

33

Wéi qún mā ma jiào qǐ lai　　bié dòng　　zài pāi yì zhāng
围裙妈妈叫起来："别动！再拍一张！"

zhào xiàng jī zhǐ hǎo zài　kā chā　le yí xià
照相机只好再"喀嚓"了一下。

Wéi qún mā ma zǒng suàn méi zài shuō shén me　zhǐ shì
围裙妈妈总算没再说什么，只是

zài huí jiā de lù shang dé yì de shuō　rú guǒ nǐ men de
在回家的路上得意地说："如果你们的

pāi huài le jiù méi you le　hái hǎo wǒ duō bèi le yì zhāng
拍坏了就没有了，还好我多备了一张。"

bù zhī wèi shén me　zhè jù huà ràng Dà tóu ér zi hé Xiǎo tóu
不知为什么，这句话让大头儿子和小头

bà ba tīng le zǒng jué de tā men de kěn dìng pāi huài le
爸爸听了总觉得他们的肯定拍坏了。

jié guǒ wǎn shang děng zhào piàn xǐ chu lai yí kàn　tā
结果晚上等照片洗出来一看，他

men shuí dōu méi shuō huà　yīn wei dì yī zhāng zhǐ pāi le yí
们谁都没说话：因为第一张只拍了一

gè hóng pí qiú shì de tài yáng　dì èr zhāng pāi le yí dà
个红皮球似的太阳；第二张拍了一大

piàn chuān yǒng zhuāng de rén qún　dì sān zhāng hé dì sì
片穿泳装的人群；第三张和第四

zhāng hēi hū hū yí piàn　shén me yě kàn bu chū lái
张黑糊糊一片，什么也看不出来。

34

　　"我们已经没时间补拍了！"小头爸
爸伤心极了。

　　"我有办法！"大头儿子叫起来，然后
把小头爸爸和围裙妈妈领到旅馆过道
里，指着墙上一幅《大海》的图画说，
"我们就在这儿补拍！"

　　小头爸爸摇摇头，又点点头，然后架
起三脚架拍第五张合家欢。

　　旅馆里其他客人走过，很奇怪地看
看他们，只有旅馆老板乐呵呵地走过来
说："你们真有眼力，这是最好的景
色！"

yí gòng kāi le　　　gè xiǎo shí

一共开了12个小时

jīn tiān　shì Dà tóu ér　zi hé Xiǎo tóu bà ba zuì máng
今天，是大头儿子和小头爸爸最忙

yě shì zuì fán zào de　yì tiān　yīn wei tā men děi zhěng lǐ hěn
也是最烦躁的一天：因为他们得整理很

duō dài zǒu de dōng xi　yīn wei tā men yǐ jīng zài hǎi biān dù
多带走的东西，因为他们已经在海边度

wán jià bìng qiě yào huí jiā　la
完假并且要回家啦！

　　zì　jǐ de dōng xi zì　jǐ zhěng lǐ　　Xiǎo tóu bà
"自己的东西自己整理！"小头爸

ba duì Dà tóu ér　zi jiǎng guo hǎo　jǐ biàn le
爸对大头儿子讲过好几遍了！

　　jié guǒ tā men chú le dài lai de dà bāo xiǎo bāo quán sāi
结果他们除了带来的大包小包全塞

满后，另外还多出两只塑料桶：一只蓝，一只红。桶里都盛着海水，分别养着一只龙虾和一只海螺，它们是大头儿子好不容易抓到的，大头儿子非要把它们带回家不可。

围裙妈妈指着说："这些包都没法拿，你还要带两只装着海水的桶？"

大头儿子憋红了脸说："你想让我把海水倒掉？你想让两个从大海里来的客人在半路上干死？"

围裙妈妈说："好，好，反正你自己拿，别说到家了，我看一上大路水就泼

37

de chà bu duō le
得差不多了！”

　　wǒ lái gěi tā men zuò gè gài zi　　Xiǎo tóu bà ba
“我来给它们做个盖子。”小头爸爸

shuō zhe　yòng yìng zhǐ bǎn jiǎn le liǎng gè yuán xíng gài zài tǒng
说着，用硬纸板剪了两个圆形盖在桶

shang　Dà tóu ér zi yí kàn　mǎn yì de xiào le
上。大头儿子一看，满意地笑了。

　　chū zū chē lái le　sī jī zhòu zhou méi tóu　dǎ kāi hòu
出租车来了，司机皱皱眉头，打开后

chē gài　jié guǒ zhǐ sāi jin qu　zhī bāo　bù xíng a　nǐ
车盖，结果只塞进去13只包：“不行啊，你

men děi jiào liǎng liàng chē　nà jiù Wéi qún mā ma yí gè rén
们得叫两辆车！”那就围裙妈妈一个人

xiān gēn zhe zhè liàng chē zǒu ba
先跟着这辆车走吧。

　　děng Wéi qún mā ma gāng zǒu　dì èr liàng chē jiù lái
等围裙妈妈刚走，第二辆车就来

le　sī jī sǒng song jiān bǎng　dǎ kāi hòu chē gài　hǎo bù
了，司机耸耸肩膀，打开后车盖，好不

róng yì jiāng shèng xia de　zhī bāo sāi jin qu
容易将剩下的12只包塞进去。

　　Dà tóu ér zi xiǎo xīn de bǎ liǎng zhī tǒng fàng zài hòu zuò
大头儿子小心地把两只桶放在后座

上，然后自己坐在两只桶的中间，这样一路上他就可以又照顾龙虾，又照顾海螺。小头爸爸只好坐在前面了。

出租车刚启动，大头儿子就担心地问："龙虾和海螺会不会晕车？"他忘记跟围裙妈妈拿晕车药了。

"不清楚。"小头爸爸回答。

"要是它们吐了怎么办呢？"大头儿子越来越担心，大头转来转去地紧盯着两只桶看。

呼呼呼呼……小头爸爸已经打起呼噜来了。

后来车一上了大路，就开得快起来，桶里的水晃来晃去，把纸板盖都弄湿了！大头儿子叫起来："慢点！水要泼出来了！"司机一听，吓得急忙减速。后来他再也不敢开快了，要是把车里面弄湿了会是一件很麻烦的事情。就这样，车开得好慢好慢，让小头爸爸觉得好像是睡在舒服的床上，呼噜声越来越响，让小龙虾和小海螺觉得好像还是待在平稳的大海里，安静得似乎也睡着了。

后来车开到家已经天黑了，围裙妈妈

zháo jí de zhàn zài mén kǒu shēn cháng le bó zi wǒ zhèng
着急地站在门口伸长了脖子:"我正

yào qù bào jǐng ne wǒ yǐ wéi nǐ men chū shén me shì le
要去报警呢！我以为你们出什么事了

ne tā hǎn qi lai shēn shang de yī fu hé pí xié hái shi
呢!"她喊起来,身上的衣服和皮鞋还是

zǎo chen shàng chē shí chuān zhe de gēn běn méi you huàn guo
早晨上车时穿着的,根本没有换过。

sī jī dì guo chē fèi dān jìng kāi le gè xiǎo shí
司机递过车费单:竟开了12个小时。

tiān a wǒ de chē zhǐ kāi le yí gè bàn xiǎo shí
"天啊!我的车只开了一个半小时!"

Wéi qún mā ma yòu hǎn qi lai
围裙妈妈又喊起来。

Dà tóu ér zi zǎo bú jiàn le tā tí zhe liǎng zhī tǒng yǐ
大头儿子早不见了,他提着两只桶已

jīng jìn wū qù gěi dà hǎi li lái de kè ren men zhǎo zuì shū
经进屋,去给大海里来的客人们找最舒

fu zuì ān jìng zuì kuān chang de zhù chù li
服、最安静、最宽敞的住处哩!

屋顶被刮走了
wū dǐng bèi guā zǒu le

大头儿子和小头爸爸要到森林里去玩
Dà tóu ér zi hé Xiǎo tóu bà ba yào dào sēn lín li qù wán

几天，围裙妈妈让他们把帐篷带着：
jǐ tiān Wéi qún mā ma ràng tā men bǎ zhàng peng dài zhe

"万一找不到住处，你们就睡帐篷。"
wàn yī zhǎo bu dào zhù chù nǐ men jiù shuì zhàng peng

"不要不要！万一找不到住处我们
bú yào bú yào wàn yī zhǎo bu dào zhù chù wǒ men

就自己造房子！"大头儿子把帐篷放回

壁橱里。后来他们没带帐篷就走了。

哇！真的森林可大可大哩！里面听不

到汽车的声音，只有各种鸟叫的声音，

很安静的。大头儿子就自己发出各种各

样的声音："呜——""啷啷啷啷——"

"吧噗！"……然后自己大笑，他觉得太好

玩了！因为平时在城市里，听自己的

声音是没有这么响、这么清楚的，今天

听到了，就觉得自己的声音真是太棒

了！

"小头爸爸，你也叫一声听听！"大

tóu ér zi tíng xia lai shuō
头儿子停下来说。

　　hǎo　　Xiǎo tóu bà ba jiù hǎn qi lai　　chòu
　　"好！"小头爸爸就喊起来，"臭——

dà　　　tóu　　　jié guǒ sēn lín li yí piàn huí yīn　dōu
大——头——"结果森林里一片回音，都

shì　　chòu　　dà　　tóu　　chòu　　dà
是　"臭——大——头——臭——大——

tóu
头"。

　　Dà tóu ér zi shēng qì le　　yào shi sēn lín li de xiǎo
　　大头儿子生气了："要是森林里的小

niǎo zhī dao wǒ jiào chòu dà tóu　huì bù xǐ huan wǒ de
鸟知道我叫臭大头，会不喜欢我的！"

　　Xiǎo tóu bà ba máng shuō　　nà wǒ lái gǎi yí xià　　tā
　　小头爸爸忙说："那我来改一下。"他

bǎ shǒu zhǎng dǎng zài zuǐ liǎng biān chóng xīn hǎn qi lai　hǎo
把手掌挡在嘴两边重新喊起来，"好

　　chòu　　dà　　tóu　　xiāng　　chòu
——臭——大——头——香——臭——

dà　　　tóu　　　Dà tóu ér zi cái zǒng suàn xiào qi lai
大——头——"大头儿子才总算笑起来。

　　tā men zhè me jiào zhe zǒu zhe wán zhe　　tiān jiù hēi xia
　　他们这么叫着走着玩着，天就黑下

44

来了。

"哎呀,不好了,我们连住处还没有找到呢!"小头爸爸着急起来。

可大头儿子一点也不着急,他反而高兴地说:"我们可以自己造房子喽,反正森林里到处都是木头,我们来造一座《三只熊》那样的森林小木屋!"

说干就干,他们用树干做围墙,用树枝做屋顶,再在上面铺一层厚厚的树叶。结果在天黑之前,一座胖乎乎的、非常可爱的小木屋真的出现在森林里。

Xiǎo tóu bà ba   lǐ miàn hěn àn hěn àn de   kě yǐ
"小头爸爸！里面很暗很暗的！可以

shuì jiào de   Dà tóu ér zi yǐ jīng pá jin qu le   tā zài lǐ
睡觉的！"大头儿子已经爬进去了，他在里

miàn gāo xìng de dà hǎn dà jiào   Xiǎo tóu bà ba jìn qu dǎ kāi
面高兴地大喊大叫。小头爸爸进去打开

le shǒu diàn tǒng   xiǎo mù wū lǐ miàn dùn shí liàng qi lai   yě
了手电筒，小木屋里面顿时亮起来，也

nuǎn huo qi lai
暖和起来。

wǒ men shuì ba   Xiǎo tóu bà ba pū hǎo tǎn zi hé
"我们睡吧！"小头爸爸铺好毯子和

Dà tóu ér zi lǒu zài yì qǐ shuì   kě tā men bì zhe yǎn jing
大头儿子搂在一起睡，可他们闭着眼睛

què zěn me yě shuì bu zháo   yīn wei xiǎo mù wū lǐ miàn yǒu hěn
却怎么也睡不着，因为小木屋里面有很

hǎo wén de gè zhǒng mù tou de qīng xiāng   xiǎo mù wū wài mian
好闻的各种木头的清香，小木屋外面

yǒu hěn hǎo tīng de gè zhǒng niǎo jiào de shēng yīn   hòu lái tā
有很好听的各种鸟叫的声音！后来他

men shí zài kùn le jiù shuì zháo le   jié guǒ lián bàn yè li guā
们实在困了就睡着了，结果连半夜里刮

dà fēng tā men yě bù zhī dao   dà fēng bǎ xiǎo mù wū shang
大风他们也不知道，大风把小木屋上

de shù yè dōu guā pǎo le　　lù chu le xī xi lā lā de shù
的 树 叶 都 刮 跑 了 ， 露 出 了 稀 稀 拉 拉 的 树

zhī　　kě Dà tóu ér zi hé Xiǎo tóu bà ba hái shi hěn nuǎn huo
枝 。 可 大 头 儿 子 和 小 头 爸 爸 还 是 很 暖 和

de　　hěn xiāng tián de yì zhí shuì dào tiān liàng
地 、 很 香 甜 地 一 直 睡 到 天 亮 。

zǎo chen　　dāng tā men cóng xiǎo mù wū li zǒu chu lai
早 晨 ， 当 他 们 从 小 木 屋 里 走 出 来

de shí hou　　hū rán tīng dào cóng xiǎo mù wū de wū dǐng shang
的 时 候 ， 忽 然 听 到 从 小 木 屋 的 屋 顶 上

chuán lai　　yīng yīng　　dīng líng　　lī　　děng fēi cháng
传 来 “ 嘤 嘤 ” “ 丁 零 ” “ 哩 —— ” 等 非 常

hǎo tīng de shēng yīn
好 听 的 声 音 。

Xiǎo tóu bà ba nǐ kuài kàn ya　　Dà tóu ér zi yǐ
“ 小 头 爸 爸 你 快 看 呀 ！ ” 大 头 儿 子 已

jīng xún zhe shēng yīn kàn jian le　　tā zhǐ zhe wū dǐng yòu tiào yòu
经 循 着 声 音 看 见 了 ， 他 指 着 屋 顶 又 跳 又

jiào de hǎn qi lai　　yuán lái zuó yè dà fēng guā pǎo le wū dǐng
叫 地 喊 起 来 。 原 来 昨 夜 大 风 刮 跑 了 屋 顶

shang de shù yè　　xiǎo niǎo men zài shù shang dōu kàn jian le
上 的 树 叶 ， 小 鸟 们 在 树 上 都 看 见 了 ，

yú shì tā men jiù cóng zì jǐ de wō li fēi chu lai　　luò dào
于 是 它 们 就 从 自 己 的 窝 里 飞 出 来 ， 落 到

wū dǐng de shù zhī shang jǐ zài yì qǐ　　tì tā men dǎng zhù
屋顶的树枝 上 挤在一起，替他们 挡住

le dà fēng
了大风！

　　　　xiè xie nǐ men　　Dà tóu ér zi hé Xiǎo tóu bà ba
"谢谢你们！"大头儿子和小头爸爸

gāo xìng jí le　　tā men ná chu gè zhǒng hǎo
高兴极了，他们拿出各 种 好

chī de dōng xi qǐng xiǎo niǎo men chī　xiǎo niǎo
吃的东西请小鸟们吃，小鸟

men yě gāo xìng de chī qi lai
们也高兴地吃起来。

hǎo dà hǎo dà de mó gu
好大好大的蘑菇

zài sēn lín li　yuè shì cháo shī de dì fang　yuè róng yì
在森林里，越是潮湿的地方，越容易

zhǎng mó gu　ér qiě mó gu zhǎng de yòu dà yòu hòu
长蘑菇，而且蘑菇长得又大又厚。

Xiǎo tóu bà ba　nǐ kàn zhè zhī hóng mó gu duō měi lì
"小头爸爸，你看这只红蘑菇多美丽

ya　　Dà tóu ér zi dūn zài yì zhī dà hóng mó gu gēn qián yòu
呀！"大头儿子蹲在一只大红蘑菇跟前又

xiǎng zhāi　yòu shě bu de zhāi
想摘，又舍不得摘。

āi　bù xíng bù xíng　Xiǎo tóu bà ba jí máng zǒu
"哎，不行不行，"小头爸爸急忙走

49

guo qu　　　nǐ　jì zhù　　yuè shì piào liang de mó gu dú xìng yuè
过去，"你记住，越是漂亮的蘑菇毒性越

dà　　qiān wàn bù néng suí biàn zhāi　　　tā shuō zhe bǎ Dà tóu
大，千万不能随便摘！"他说着把大头

ér zi lā qi lai zǒu kai le
儿子拉起来走开了。

　　　hòu lái　　Dà tóu ér zi jiù zhuān tiāo zhǎng de bù hǎo kàn
　　后来，大头儿子就专挑长得不好看

de mó gu zhāi　　　jié guǒ dé dào Xiǎo tóu bà ba de lián lián kuā
的蘑菇摘，结果得到小头爸爸的连连夸

jiǎng　　　zhēn bàng　　zhè xiē mó gu dōu shì zuì hǎo chī de
奖："真棒！这些蘑菇都是最好吃的！"

　　　qiáo　　tā men zhāi de shí zài tài duō le　　gēn běn chī bu
　　瞧，他们摘得实在太多了，根本吃不

wán　　Dà tóu ér zi jiù tí yì　　　wǒ men bǎ mó gu mài
完。大头儿子就提议："我们把蘑菇卖

diào　　yě xǔ kě yǐ mài hěn duō qián li
掉，也许可以卖很多钱哩！"

　　　Xiǎo tóu bà ba lǒu zhù Dà tóu ér zi shuō　　　hǎo zhǔ
　　小头爸爸搂住大头儿子说："好主

yi
意。"

　　　tā men lái dào rè nao de jí shì shang　　bǎ tā men zhāi
　　他们来到热闹的集市上，把他们摘

50

lai de mó gu yí gè yí gè fàng zài dì shang
来的蘑菇一个一个放在地上。

yō zhè mó gu zhēn hǎo duō xīn xiān ya
"哟！这蘑菇真好！多新鲜呀！"

zhè mó gu yí dìng shì cóng shēn shān lǎo lín li zhāi lai
"这蘑菇一定是从深山老林里摘来

de
的！

lái lai wǎng wǎng de shān mín zǒu dào mó gu qián dōu tíng
来来往往的山民走到蘑菇前都停

xia lai kàn ya wèn ya
下来看呀，问呀。

yǒu gè liè rén zǒu guo lai shuō wǒ yòng yì dǐng pí mào
有个猎人走过来说："我用一顶皮帽

zi gēn nǐ huàn dà mó gu hǎo ma
子跟你换大蘑菇好吗？"

bù xíng Xiǎo tóu bà ba huí dá
"不行。"小头爸爸回答。

xíng de Dà tóu ér zi shuō Xiǎo tóu bà ba dèng
"行的！"大头儿子说。小头爸爸瞪

Dà tóu ér zi yì yǎn Dà tóu ér zi yě dèng Xiǎo tóu bà ba
大头儿子一眼，大头儿子也瞪小头爸爸

yì yǎn hòu lái liè rén yòng yì dǐng shān yáng pí mào zi
一眼。后来猎人用一顶山羊皮帽子，

huàn zǒu le shí gè dà mó gu
换 走 了 十 个 大 蘑 菇 。

zhè me nán kàn de mào zi nǐ yào tā gàn shén me
"这 么 难 看 的 帽 子 你 要 它 干 什 么 ？"

děng liè rén yì zǒu Xiǎo tóu bà ba jiù shēng qì de wèn
等 猎 人 一 走 小 头 爸 爸 就 生 气 地 问 。

qiáo duō nuǎn huo kě yǐ gěi xiǎo niǎo zuò wō ya
"瞧 ，多 暖 和 ，可 以 给 小 鸟 做 窝 呀 ！"

Dà tóu ér zi xīn xǐ de bǎ mào zi dài zài zì jǐ de xiǎo quán
大 头 儿 子 欣 喜 地 把 帽 子 戴 在 自 己 的 小 拳

tóu shang
头 上 。

yǒu gè dà sǎo zǒu guo lai shuō wǒ yòng xiǎo yě tù
有 个 大 嫂 走 过 来 说 ："我 用 小 野 兔

gēn nǐ huàn dà mó gu hǎo ma
跟 你 换 大 蘑 菇 好 吗 ？"

bú yào Xiǎo tóu bà ba huí dá
"不 要 。"小 头 爸 爸 回 答 。

yào de Dà tóu ér zi shuō Xiǎo tóu bà ba qiāo
"要 的 ！"大 头 儿 子 说 。小 头 爸 爸 悄

qiāo yòng jiǎo cǎi Dà tóu er zi yí xià Dà tóu ér zi yě qiāo
悄 用 脚 踩 大 头 儿 子 一 下 ，大 头 儿 子 也 悄

qiāo yòng jiǎo cǎi Xiǎo tóu bà ba yí xià hòu lái dà sǎo yòng
悄 用 脚 踩 小 头 爸 爸 一 下 。后 来 大 嫂 用

sān zhī máo róng róng de xiǎo yě tù　　huàn zǒu le èr shí gè
三只毛茸茸的小野兔，换走了二十个

mó gu
蘑菇。

　　　Wéi qún mā ma shì bù tóng yì zài jiā li yǎng tù zi
　　"围裙妈妈是不同意在家里养兔子

de　nán dào nǐ wàng le　　děng dà sǎo yì zǒu　Xiǎo tóu bà
的！难道你忘了？"等大嫂一走，小头爸

ba jiù shēng qì de shuō
爸就生气地说。

　　shuí shuō bǎ yě tù dài huí jiā le　wǒ yào bǎ tā men
　　"谁说把野兔带回家了？我要把它们

huán gěi tù mā ma
还给兔妈妈！"

　　Dà tóu ér zi téng ài de mō zhe xiǎo yě tù
　　大头儿子疼爱地摸着小野兔。

　　yǒu gè dà bó zǒu guo lai shuō　　wǒ yòng niǎo dàn bǎ
　　有个大伯走过来说："我用鸟蛋把

nǐ men shèng xia de mó gu quán bù huàn zǒu hǎo ma
你们剩下的蘑菇全部换走好吗？"

　　bù kě yǐ　Xiǎo tóu bà ba huí dá
　　"不可以。"小头爸爸回答。

　　kě yǐ de　Dà tóu ér zi shuō　Xiǎo tóu bà ba
　　"可以的！"大头儿子说。小头爸爸

用力把大头儿子拉到身后去，可大头儿
子一下又钻到了小头爸爸的前面。后来
大伯用十只鸟蛋，换走了所有的蘑菇。

"这鸟蛋带回去要打碎的！"等大伯
一走，小头爸爸就生气地喊起来。

只见大头儿子一声不吭地把鸟蛋
全部放进暖和的皮帽子里，把三只小
野兔轻轻塞进自己的胸前，就朝森林
里走去了。

高兴起来的树墩

今天早晨，森林里响起一阵阵奇怪的声音，把大头儿子给吵醒了："小头爸爸，这是什么鸟在叫呀？叫得这么响，这么难听。"大头儿子揉着眼睛问。

小头爸爸笑起来，说："才不是鸟叫哩，那是锯树的声音。"

"什么？锯树？为什么要锯树呀？"大头儿子好像听到了更可怕的

shēng yīn　yǎn jing yí xià zi dèng de dà dà de　　hòu lái méi
声 音，眼 睛 一 下 子 瞪 得 大 大 的。后 来 没

děng Xiǎo tóu bà ba huí dá　Dà tóu ér zi jiù pá qi lai　　zì
等 小 头 爸 爸 回 答，大 头 儿 子 就 爬 起 来，自

jǐ xún zhe jù mù tou de shēng yīn cháo sēn lín li bēn qu
己 循 着 锯 木 头 的 声 音 朝 森 林 里 奔 去。

　　　zhī　　　　zhī　　　　Dà tóu ér zi hái méi you zǒu dào
"吱——吱——"大 头 儿 子 还 没 有 走 到

ne　　yǐ jīng bèi zhè jù liè de shēng yīn zhèn de jǐn jǐn wǔ zhù
呢，已 经 被 这 剧 烈 的 声 音 震 得 紧 紧 捂 住

ěr duo　　yí gè shū shu mú yàng de rén bù zhī shì cóng nǎ er
耳 朵。一 个 叔 叔 模 样 的 人 不 知 是 从 哪 儿

mào chu lai de　　tā pāi pai Dà tóu ér zi de dà tóu shuō
冒 出 来 的，他 拍 拍 大 头 儿 子 的 大 头 说：

xiǎo péng yǒu　xiàn zài bié guò qu　wēi xiǎn　Dà tóu ér zi
"小 朋 友，现 在 别 过 去，危 险！"大 头 儿 子

zhǐ hǎo zhàn zhù bú dòng le　　yuǎn yuǎn de　　tā kàn jian yì kē
只 好 站 住 不 动 了。远 远 地，他 看 见 一 棵

kē dà shù suí zhe shù yè de　　huā lā lā　　shēng dǎo zài dì
棵 大 树 随 着 树 叶 的 "哗 啦 啦" 声 倒 在 地

shang　xīn li hū rán zháo jí de yào mìng　　hòu lái jù shù de
上，心 里 忽 然 着 急 得 要 命。后 来 锯 树 的

shēng yīn hǎo bù róng yì jié shù le　　Dà tóu ér zi cái xiàng
声 音 好 不 容 易 结 束 了，大 头 儿 子 才 像

qù jiù mìng shì de fēi bēn guo qu
去救命似的飞奔过去。

ǎ tā yí xià kàn jian le hǎo duō bèi jù duàn de dà
啊？他一下看见了好多被锯断的大

shù dǎo zài dì shang liú xia de nà yì xiǎo duàn biàn chéng le
树倒在地上，留下的那一小段便成了

yí gè zhǎn xīn de shù dūn shù dūn shang de yì dī dī shù
一个崭新的树墩，树墩上的一滴滴树

zhī hǎo xiàng shì tā men de yǎn lèi nà hěn nóng hěn nóng
脂，好像是它们的眼泪，那很浓很浓

de shù mù de wèi dao jiù hǎo xiàng shì xiān xuè de wèi dao Dà
的树木的味道就好像是鲜血的味道，大

tóu ér zi yí xià zi gǎn dào zì jǐ de shǒu zhǐ tou hěn téng hěn
头儿子一下子感到自己的手指头很疼很

téng hǎo xiàng yě bèi jù duàn le tā duì zhe zhǎn xīn
疼，好像也被锯断了……他对着崭新

de shù dūn qīng qīng kū qi lai
的树墩轻轻哭起来。

Xiǎo tóu bà ba lái le tā shuō yào shi bú jù dà
小头爸爸来了，他说：“要是不锯大

shù wǒ men jiù méi you mén jiù méi you chuāng jiù méi you
树，我们就没有门，就没有窗，就没有

shuì jiào de chuáng nǐ jiù méi you xiǎo mù mǎ méi you qiū
睡觉的床；你就没有小木马，没有秋

57

qiān　méi yǒu dà huá tī wán
千，没有大滑梯玩！"

wǒ bú yào　　wǒ dōu bú yào　　wǒ zhǐ yào dà shù
"我不要！我都不要！我只要大树！"

Dà tóu ér zi nán guò de dà kū qǐ lai
大头儿子难过地大哭起来。

hòu lái Xiǎo tóu bà ba bǎ Dà tóu ér zi dài dào sēn lín
后来小头爸爸把大头儿子带到森林

fù jìn de yí gè mù tou jiā gōng chǎng　　ràng tā kàn bèi jù
附近的一个木头加工厂，让他看被锯

duàn de dà shù shì zěn me biàn chéng mù tou　　yòu zěn me biàn
断的大树是怎么变成木头，又怎么变

chéng gè zhǒng gè yàng de jiā jù de
成各种各样的家具的。

bǎ dà shù zuò chéng zhè me piào liang de jiā jù　　dà
"把大树做成这么漂亮的家具，大

shù kěn dìng huì gāo xìng de　　Dà tóu ér zi gāo xìng qǐ lai
树肯定会高兴的！"大头儿子高兴起来

le　　kě tā hū rán yòu zhòu qǐ méi tóu shuō　　liú zài sēn lín
了，可他忽然又皱起眉头说，"留在森林

li de shù dūn hái bù zhī dao ya　　tā men kěn dìng hái zài kū
里的树墩还不知道呀，它们肯定还在哭，

hái zài nán guò
还在难过。"

"那我们现在去告诉它们。"小头爸
爸拉起大头儿子就往森林里跑。

"树墩树墩,你的大树会变成很可爱
的小木马的!"

"树墩树墩,你的大树会变成很漂
亮的大衣橱的!"

"树墩树墩,你的大树会变成幼儿
园里长长的门和方方的窗的!"
……

大头儿子蹲下身把嘴巴贴在每个树墩
上,一个一个告诉它们,然后再转过大
头,把耳朵贴在上面,想听见树墩高

xìng de xiào shēng ne
兴 的 笑 声 呢!

kě tā shuō zhe tīng zhe hū rán yòu zhòu qǐ méi tóu
可 他 说 着 听 着, 忽 然 又 皱 起 眉 头:

yào shi dà shù dōu jù wán le jiù méi you dà shù hé sēn lín
"要 是 大 树 都 锯 完 了, 就 没 有 大 树 和 森 林

le zěn me bàn
了 怎 么 办?"

Xiǎo tóu bà ba yòng shǒu yì zhǐ shuō kàn nà bú shì
小 头 爸 爸 用 手 一 指 说:"看, 那 不 是

lái zhòng shù de gōng rén ma Dà tóu ér zi yí kàn guǒ rán
来 种 树 的 工 人 吗?"大 头 儿 子 一 看, 果 然

lái le hǎo duō shū shu ā yí tā men yǒu de káng zhe shù
来 了 好 多 叔 叔 阿 姨, 他 们 有 的 扛 着 树

miáo yǒu de ná zhe chǎn zi zài bèi jù duàn de shù dūn páng
苗, 有 的 拿 着 铲 子, 在 被 锯 断 的 树 墩 旁

biān yòu zhòng xia le yì kē yì kē xiǎo shù
边, 又 种 下 了 一 棵 一 棵 小 树……

Xiǎo tóu bà ba wǒ men yì qǐ qù zhòng shù Dà
"小 头 爸 爸!我 们 一 起 去 种 树!"大

tóu ér zi gāo xìng de hǎn qi lai rán hòu lā zhe Xiǎo tóu bà
头 儿 子 高 兴 地 喊 起 来, 然 后 拉 着 小 头 爸

ba de shǒu fēi bēn guo qu
爸 的 手 飞 奔 过 去!

tián mì mì de sēn lín

甜蜜蜜的森林

Dà tóu ér zi hé Xiǎo tóu bà ba měi yí cì zài sēn lín li
大头儿子和小头爸爸每一次在森林里

zǒu lèi le zǒu kě le jiù huì xuǎn yì kē dà dà de yě lí
走累了，走渴了，就会选一棵大大的野梨

shù huò zhě yě píng guǒ shù zuò zài tā de xià mian yì biān xiū
树或者野苹果树，坐在它的下面一边休

xi yì biān chī shù shang de yě guǒ zi
息，一边吃树上的野果子。

"太好了，想吃就自己爬上去摘，用不着花钱买。"大头儿子捧着一个大大的野梨，阿呜阿呜地吃着。

"还很甜哎，可惜这么多没人吃，不久会烂掉的！"小头爸爸边吃，边抬头看树上的野梨。

"那我们把它们全部摘下来，送到鸟窝里去给小鸟吃，送到树洞里去给老熊吃，送到蚁穴边去给蚂蚁吃……"

大头儿子还没有说完哩，小头爸爸就打断他："那怎么行？它们可啃不动这么硬的野梨！"

nà wǒ men bǎ yě lí qiē suì le zài gěi tā men chī
"那我们把野梨切碎了再给它们吃!"

Dà tóu ér zi tǐng xī wàng Xiǎo tóu bà ba diǎn dian Xiǎo tóu
大头儿子挺希望 小头爸爸点点小头。

qiē suì le jiù bù tián le yīn wei guǒ zhī dōu lòu diào
"切碎了就不甜了,因为果汁都漏掉

le Xiǎo tóu bà ba hái shi méi you diǎn dian xiǎo tóu
了。"小头爸爸还是没有点点小头。

Dà tóu ér zi chī wán le tā hái xiǎng chī yí gè jiù
大头儿子吃完了,他还想吃一个,就

zài pá dào shù shang qù zhāi tā yòu tiāo le yí gè yuán yuán
再爬到树上去摘,他又挑了一个圆圆

de shuǐ fèn zú zú de yě lí gāng yào sāi jìn zuǐ li Xiǎo tóu
的、水分足足的野梨刚要塞进嘴里,小头

bà ba hū rán zài shù xià chòng zhe tā zhí jiào nǐ zài shàng
爸爸忽然在树下 冲 着他直叫:"你在上

mian zhāi wǒ zài xià mian jiē bǎ yě lí quán bù zhāi xia
面摘,我在下面接,把野梨全部摘下

lai Xiǎo tóu bà ba xiǎng gàn shén me tā dù zi yǒu zhè me
来!"小头爸爸想 干什么?他肚子有这么

dà ma
大吗?

wǒ yǐ jīng chī bu xià le nǐ hái yào chī nà me duō
"我已经吃不下了,你还要吃那么多?"

Dà tóu ér zi qí guài de wèn
大头儿子奇怪地问。

nǐ bié guǎn　fǎn zhèng tīng wǒ de méi cuò　jiù quán
"你别管，反正听我的没错，就全

bù zhāi xia lai ba
部摘下来吧！"

ò　dà gài Xiǎo tóu bà ba yǒu hǎo bàn fǎ le　Dà tóu
哦，大概小头爸爸有好办法了，大头

ér zi gǎn jǐn yí gè yí gè zhāi qi lai
儿子赶紧一个一个摘起来。

hòu lái tā men zhěng zhěng zhāi le　yì luó kuāng　rán hòu
后来他们整整摘了一箩筐，然后

tái dào lí kāi sēn lín yuǎn yì xiē de dì fang zuò qǐ guǒ jiàng
抬到离开森林远一些的地方做起果酱

lai
来。

yā　tài bàng le　tài bàng le　guǒ jiàng yòu xiāng
"呀！太棒了！太棒了！果酱又香

yòu tián　sēn lín li de dòng wù men kěn dìng dōu ài chī
又甜，森林里的动物们肯定都爱吃。"

dāng Xiǎo tóu bà ba gào su Dà tóu ér zi shì gěi dòng wù men
当小头爸爸告诉大头儿子是给动物们

zuò guǒ jiàng　Dà tóu ér zi jī dòng de zhēn xiǎng lì kè fēi
做果酱，大头儿子激动得真想立刻飞

bēn dào sēn lín lǐ xiān qù gào su dòng wù men
奔到森林里先去告诉动物们。

kě shì dòng wù yòng shén me zhuāng guǒ jiàng ne tā
"可是动物用什么装果酱呢？它

men méi you píng hé wǎn wǒ men lái de shí hou wàng jì gěi
们没有瓶和碗，我们来的时候忘记给

tā men dài lai le Dà tóu ér zi fā qǐ chóu lai
它们带来了！"大头儿子发起愁来。

Xiǎo tóu bà ba yì biān zài huǒ duī shang áo guǒ jiàng yì
小头爸爸一边在火堆上熬果酱，一

biān shuō yòng bu zháo píng hé wǎn dào shí hou wǒ yǒu bàn
边说："用不着瓶和碗，到时候我有办

fǎ shuō dào zhè er Xiǎo tóu bà ba shén mì de chòng Dà tóu
法！"说到这儿，小头爸爸神秘地冲大头

ér zi zhǎ zha yǎn jing
儿子眨眨眼睛。

yòu xiāng yòu tián de lí zi guǒ jiàng zhōng yú áo hǎo
又香又甜的梨子果酱终于熬好

le Dà tóu ér zi rěn bu zhù shēn chu shǒu zhǐ tou zhàn yì diǎn
了，大头儿子忍不住伸出手指头蘸一点

fàng jìn zuǐ li à hěn hǎo chī de dòng wù men kěn dìng
放进嘴里："啊！很好吃的，动物们肯定

cóng lái méi you chī guo zhè me hǎo chī de dōng xi
从来没有吃过这么好吃的东西！"

他们一起用桶装着果酱抬到森
林里，只见小头爸爸捡来一片片又大又
厚的树叶，然后把果酱倒在每一片树叶
上："瞧，这不就是动物们最漂亮的
碗吗？"小头爸爸说着，将装有果酱
的树叶再一片一片分放到每一棵大树底
下，只一会儿，香甜的气味就把小鸟、野
兔、蚂蚁、松鼠等动物给引来了，只见它
们吃完一片树叶上的果酱就再去找，
找到了再吃，好像总也吃不够似的，边
吃还边发出各种开心的叫声。而蚂蚁
的队伍更是排得长长的，它们是一边

chī yì biān zhí wǎng jiā li tuō
吃，一边直往家里拖……

Dà tóu ér zi duǒ zài shù hòu zǐ zǐ xì xì de kàn zhe
大头儿子躲在树后仔仔细细地看着，

tā yì biān kàn yì biān lián lián yàn kǒu shuǐ zhēn xiǎng pǎo chu
他一边看，一边连连咽口水，真想跑出

qu hé dòng wù men yì qǐ chī
去和动物们一起吃。

Xiǎo tóu bà ba biān kàn biān xī zhe bí zi shuō à
小头爸爸边看边吸着鼻子说："啊！

sēn lín biàn chéng tián mì
森林变成甜蜜

mì de sēn lín la
蜜的森林啦！

dà tàn xiǎn jiā hé xiǎo tàn xiǎn jiā
大探险家和小探险家

jīn tiān　　Dà tóu ér zi hé Xiǎo tóu bà ba yào dāng yì
今天，大头儿子和小头爸爸要当一

huí sēn lín tàn xiǎn jiā
回森林探险家。

　　wǒ shì dà tàn xiǎn jiā　　nǐ shì xiǎo tàn xiǎn jiā　　yīn
"我是大探险家，你是小探险家，因

wei wǒ rén bǐ nǐ dà　　　Xiǎo tóu bà ba shuō
为我人比你大。"小头爸爸说。

“我是大探险家，你是小探险家，因为我头比你大。”大头儿子说。

后来他们只好顶头比赛，是小头爸爸输，这样，大头儿子就当上了大探险家，小头爸爸就当上了小探险家。

“小探险家要跟在大探险家后面走！”小头爸爸老是走到大头儿子前面去，大头儿子就用力把小头爸爸再拽到后面去。

小头爸爸说：“大探险家走路像老婆婆，这么慢！”大头儿子一听很不服气，就甩着胳膊跑起来，一直跑到爸爸看不见他。

哇！前面有一条河，河上没有桥，只横放着一根被锯下来的树干，树干圆圆的，七扭八歪的。大头儿子一下站住，他不敢从树干上走过去。

小探险家终于赶到了，他一看就说："什么大探险家呀，连独木桥也不敢走！"

"这、这不是独木桥，这是独木树，当然不敢走！"大头儿子涨红了脸说。

"独木树就是独木桥。那行，要是我敢走过去，我就是大探险家，你就是小探险家。"小头爸爸说完真的伸出小指

yào hé Dà tóu ér zi lā gōu
要 和 大头儿子拉钩。

Dà tóu ér zi lèng zhù le tā zhuàn zhe yǎn zhū kàn kan
大头儿子愣住了,他 转 着眼珠看看

bà ba de xiǎo zhǐ yòu qiáo qiao hé shang de dú mù qiáo hòu
爸爸的小指,又 瞧瞧河 上 的独木桥,后

lái xiǎng le yí xià méi you shēn chu zì jǐ de xiǎo zhǐ hé bà
来 想了一下,没有伸出自己的小指和爸

ba de xiǎo zhǐ lā gōu ér shì zhuǎn shēn zǒu shang dú mù
爸的小指拉钩,而是 转 身走 上 独木

qiáo kě tā gāng yí tà shang qu shù gàn jiù zuǒ yòu yáo
桥。可他刚一踏 上 去,树干就左右摇

huàng qi lai xià de Dà tóu ér zi gǎn jǐn yí dòng bú dòng
晃起来,吓得大头儿子赶紧一动不动

de zhàn zhù
地站住。

shù gàn shì gù yì yáo zhe xià hu nǐ yào shi nǐ bú
"树干是故意摇着吓唬你,要是你不

pà jì xù wǎng qián zǒu tā jiù bù yáo le Xiǎo tóu bà ba
怕继续 往 前走,它就不摇了。"小头爸爸

zài Dà tóu ér zi shēn hòu shuō Dà tóu ér zi jiù yòu wǎng
在大头儿子身后说,大头儿子就又 往

qián zǒu qi lai
前走起来。

"哈！是真的！独木桥真的不摇了！"

大头儿子高兴地叫着，胆子也大起来，越走越快。可当他走到中间，树干忽然在脚下发出了"嘎吱嘎吱"的声音，好像要断掉一样，大头儿子又吓得一动不动地站住了。

"那是树干在说你的头太大、太重，叫你快点走过去，你怎么反而停下来了？"小头爸爸话音刚落，大头儿子就快步朝前面跑起来，只见他一路跑完独木桥，站到了河对岸。

"哇！大探险家真棒！真棒！"小

tóu bà ba chòng Dà tóu ér zi shù qi dà mǔ zhǐ
头爸爸 冲 大头儿子竖起大拇指。

nà nǐ kuài zǒu guo lai ya　　Dà tóu ér zi xiǎng kàn
"那你快走过来呀！"大头儿子 想 看

kan bà ba yǒu duō me yǒng gǎn　kě méi xiǎng dào bà ba dūn zài
看爸爸有多么勇敢，可没 想 到爸爸蹲在

àn biān gēn běn bù gǎn zǒu　yuán lái gāng cái tā shì piàn Dà
岸边根本不敢走， 原来 刚才他是骗大

tóu ér zi de
头儿子的。

nǐ bié pà
"你别怕，

yǎn jing kàn qián mian
眼 睛 看 前 面 ，

别低头看河，那样越看越怕。"大头儿子
大声告诉爸爸，可爸爸还是不敢走。

"要是天黑了你再不过来，会有大灰
狼来咬你的！"

大头儿子想吓唬爸爸，可爸爸还是
不敢走。

大头儿子着急起来，要是爸爸不走过
来，他们就没法再去探险了！

"要是你走过来，我就给你当大探险
家，好不好？"大头儿子使出最后一招，只
见小头爸爸迅速站起来，大步跨上了独
木桥……

qí miào de gǎn jué
奇 妙 的 感 觉

yuǎn yuǎn de　　Dà tóu ér zi kàn jian sēn lín li de yě
远 远 地, 大头儿子看见森林里的野

lù pái zhe duì　 yí tiào yí tiào de pǎo guo qu　jué de hěn hǎo
鹿排着队, 一 跳 一 跳 地 跑 过 去, 觉 得 很 好

wán　biàn yě wān xia yāo bǎ shǒu chēng zài dì shang　xué xiǎo
玩, 便 也 弯 下 腰 把 手 撑 在 地 上, 学 小

lù de yàng zi　 kě tā méi tiào chu duō yuǎn　 jiù lèi de mǎn
鹿 的 样 子。 可 他 没 跳 出 多 远, 就 累 得 满

liǎn tōng hóng　　bú guò Dà tóu ér zi méi you lì kè zhàn qi
脸 通 红。 不 过 大 头 儿 子 没 有 立 刻 站 起

75

来，而是愣愣地在想什么。忽然，他大叫
起来："小头爸爸！你快来呀！"

小头爸爸急忙跑过来问："看见蛇
了吗？"

大头儿子摇摇头，说："你快像我一
样把手放在地上走路，我们今天来玩
做动物的游戏好吗？"

做动物的游戏？这个主意不错，小
头爸爸立刻点点头。"不过，"他接着说，
"学动物走路很累的，你行吗？"

"行！"大头儿子坚定地回答，"我学
小鹿，跳着走。你呢？"

Xiǎo tóu bà ba wān xia yāo shuō　　wǒ xué dà xiàng
小头爸爸弯下腰说:"我学大象,

màn man zǒu　　　tā zhēn de zǒu de hěn màn hěn màn　　hǎo xiàng
慢慢走。"他真的走得很慢很慢,好像

zài dì shang xún zhǎo shí wù
在地上寻找食物。

Dà tóu ér zi　　pū tōng　　pū tōng　yòu wǎng qián tiào qi
大头儿子"扑通!扑通"又往前跳起

lai　　bú guò tā zǒng shì huì hū rán tíng xia lai　　hǎo xiàng fā
来,不过他总是会忽然停下来,好像发

xiàn le shén me dà mì mì yí yàng duì zhe dì miàn kàn shang
现了什么大秘密一样对着地面看上

gè bàn tiān　　rán hòu zài bǎ tā de mì mì bào gào gěi hòu mian
个半天,然后再把他的秘密报告给后面

de dà xiàng　　　kàn　　zhè er yǒu yì duǒ kā fēi sè de xiǎo
的大象:"看,这儿有一朵咖啡色的小

huā　　　dà xiàng màn tūn tūn de zǒu guo qu　　yě huì kàn shang
花!"大象慢吞吞地走过去,也会看上

gè bàn tiān　rán hòu shuō　　zhēn shì shǎo yǒu de yán sè　　wǒ
个半天,然后说:"真是少有的颜色,我

cóng lái dōu méi you jiàn guo
从来都没有见过。"

qiáo　　liǎng zhī xiǎo piáo chóng zài dǎ jià　　　zhè biān
"瞧,两只小瓢虫在打架!"这边

77

大象还没有看完哩,那边小鹿又惊奇地
叫起来……

因为学动物的样子行走,大头儿子的
眼睛离地面近了,看见了许多以前没有
看见过的东西,他觉得很新奇,于是蹦
一蹦,停一停,真是快乐极了!

可过了一会,大头儿子忽然说:"我不
想学小鹿了,我要学蛇走路的样子。"只
见他说完"扑通"一声,笔直地趴在地
上,看起来舒服极了!

"不行不行!你这是要赖皮!"大象
在后面生气地说。

"你也可以重新选一样动物！"蛇

好像睡着了，一动不动。

"是吗？那我还是选做人！"大象立

刻站起来变成了人。

"不可以！人不是动物！"蛇忽然转

过身，冲着人好像要扑上去咬。

"人是高级动物！"小头爸爸说着举

起一根树枝，对着蛇"打"过去，蛇在地

上滚动了几下，就死了。

做完这个动物游戏以后，大头儿子

好像第一天来到森林里一样，他把脖子

伸得长长的，东看西看。忽然，他欣喜

de shuō　　Xiǎo tóu bà ba　　wǒ zěn me jué de zì jǐ hǎo xiàng
地 说 ："小 头 爸 爸，我 怎 么 觉 得 自 己 好 像

biàn chéng cháng jǐng lù le　　néng kàn dào hěn yuǎn hěn yuǎn de
变 成 长 颈 鹿 了，能 看 到 很 远 很 远 的

dì fang
地 方！"

　　　　Xiǎo tóu bà ba shuō　　nà shì yīn wei gāng cái nǐ yì zhí
小 头 爸 爸 说 ："那 是 因 为 刚 才 你 一 直

wān zhe yāo　　yǎn jing yì zhí kàn dì miàn de yuán gù　　yào shi
弯 着 腰，眼 睛 一 直 看 地 面 的 缘 故。要 是

nǐ zài duō xué yí huì shé tiē zhe dì miàn zǒu lù de yàng zi
你 再 多 学 一 会 蛇 贴 着 地 面 走 路 的 样 子，

nǐ huì jué de zì jǐ xiàn zài biàn chéng le yì zhī lǎo yīng　　zài
你 会 觉 得 自 己 现 在 变 成 了 一 只 老 鹰，在

kōng zhōng zhǎn chì fēi xiáng li
空 中 展 翅 飞 翔 哩！"

　　　　Dà tóu ér zi tīng le jiù zhāng kai shuāng bì　　　　à
大 头 儿 子 听 了 就 张 开 双 臂，"啊

à　　jiào zhe zài shù yǔ shù zhī jiān kuài huo de　　fēi xiáng　　qi
啊 "叫 着 在 树 与 树 之 间 快 活 地 "飞 翔 "起

lai
来 ……

zài jiàn kě ài de sēn lín

再见！可爱的森林

Dà tóu ér zi hé Xiǎo tóu bà ba jiù yào lí kāi sēn lín huí

大头儿子和小头爸爸就要离开森林回

qu le　　kě tā men nà me shě bu de　yīn wei xiàn zài tā men

去了，可他们那么舍不得，因为现在他们

bù jǐn jǐn yǒu le hěn duō dòng wù péng you　　bǐ rú yě tù
不仅仅有了很多动物朋友，比如野兔、

xiǎo niǎo hé hóu zi shén me de　　hái yǒu le hěn duō zhí wù
小鸟和猴子什么的；还有了很多植物

péng you　　bǐ rú shù dūn　mó gu hé shù yè chuáng shén me
朋友，比如树墩、蘑菇和树叶床什么

de
的。

　　　wǒ men dài xiē sēn lín li de dōng xi huí jiā liú zuò
　　"我们带些森林里的东西回家留作

jì niàn　　Xiǎo tóu bà ba yòng běn zi zài jiā měi lì de shù
纪念。"小头爸爸用本子在夹美丽的树

yè　　zhè yàng wǒ men xiǎng qi sēn lín de shí hou jiù kě yǐ
叶，"这样我们想起森林的时候就可以

kàn kan shù yè
看看树叶。"

　　　yào shi sēn lín li de péng you xiǎng wǒ men le zěn me
　　"要是森林里的朋友想我们了怎么

bàn ne　　Dà tóu ér zi jué de tā men yě yīng gāi gěi sēn lín
办呢？"大头儿子觉得他们也应该给森林

liú xia yì xiē shén me dōng xi
留下一些什么东西。

　　　wǒ men　　wǒ men yǒu shén me dōng xi kě yǐ liú
　　"我们？我们有什么东西可以留

下来？要么头发，要么指甲。"小头爸爸可
想不出来。

"哈！我想出来了，我们给动物朋
友造个森林乐园吧！"大头儿子一说完
自己先拍起手来。

"行。"小头爸爸连连点头，"反正
森林里到处都是木头。"

他们就一起给动物朋友做了一个
滑梯、一个跷跷板和一个大秋千。

"这样到了晚上动物就可以出来
一起玩，再也不用老待在窝里了！"小头
爸爸满意地说。

"也许下一次再到森林里来，我们还可以一起荡秋千呢！"大头儿子笑没了眼睛。可他忽然又皱起了眉头，"那树墩、蘑菇和树叶床怎么办呢？它们玩什么呢？"

小头爸爸拍拍大头儿子的大头："你再想想，准能想出来。"

大头儿子就闭上眼睛想啊，想啊，果然想出来了："爸爸，你快蹲下来，我要对着你耳朵说。"看大头儿子高兴的样子就知道，他想出来的东西一定又是很棒的！

“哈哈！我的聪明的儿子！我就知道你准能想出来！”小头爸爸乐得把大头儿子举上了天。

紧接着，他们又一起在一个一个寂寞的树墩上，都堆起了鸟窝，让大树上的小鸟有时候也可以住到树墩上来，给树墩唱歌，听树墩讲故事。

他们给一个一个胆小的蘑菇，都围上了坚固的篱笆，这样到了晚上蘑菇就可以安心地睡觉，再也不用害怕了。

他们在孤单的树叶床前，搭起了

一架一架小梯子，让小动物可以爬上去，在树叶床上打滚，翻跟头……

当这一切都做好以后，他们是真的不想走了，因为森林已经变样了，变得更加好看、更加好玩了。

"我真想留下来看动物们是怎么玩的！"大头儿子说。

"我真想留下来听植物们是怎么笑的！"小头爸爸说。

可大头儿子和小头爸爸不是森林里的动物，也不是森林里的植物，他们总是要离开森林的。最后，他们愉快地回家了。

再见！可爱的森林。

xiè xie nǎi niú mā ma
谢谢奶牛妈妈

nà tiān lù guò jiā fù jìn de yí gè nǎi niú chǎng　 Dà
那天路过家附近的一个奶牛场，大

tóu ér zi hū rán tíng xia wèn Xiǎo tóu bà ba 　 wǒ měi tiān hē
头儿子忽然停下问小头爸爸："我每天喝

de niú nǎi shì nǎ yì tóu nǎi niú de nǎi
的牛奶是哪一头奶牛的奶？"

Xiǎo tóu bà ba huí dá shuō 　 nǐ měi tiān hē de bú shì
小头爸爸回答说："你每天喝的不是

yì tóu nǎi niú de nǎi 　 ér shì hěn duō nǎi niú de nǎi
一头奶牛的奶，而是很多奶牛的奶。"

à　　　　　Dà tóu ér zi chī jīng de zhāng dà zuǐ ba
"啊？"大头儿子吃惊地 张 大嘴巴，

hěn duō nǎi niú de nǎi jiā zài yì qǐ cái yì píng
"很多奶牛的奶加在一起才一瓶？"

Xiǎo tóu bà ba lèng le lèng　　cái míng bai shì Dà tóu ér
小头爸爸愣了愣， 才 明 白 是 大 头 儿

zi nòng cuò le　　jiù xiào qǐ lai　　hěn duō nǎi niú de nǎi jiā
子弄错了，就笑起来："很多奶牛的奶加

zài yì qǐ yǒu hěn duō píng　　nǐ měi tiān zhǐ shì hē le qí zhōng
在一起有很多瓶，你每天只是喝了其中

de yì píng　　lìng wài de dōu ràng bié de xiǎo péng yǒu hē le
的一瓶，另外的都让别的小朋友喝了。"

ò　　yuán lái shì zhè yàng　　　Dà tóu ér zi zhè cái
"哦，原来是这样。"大头儿子这才

jì xù wǎng qián zǒu qǐ lai
继续往前走起来。

wǎn shang　　Dà tóu ér zi tǎng zài chuáng shang yòu xiǎng
晚上，大头儿子躺在床 上又想

qǐ le nǎi niú hé niú nǎi　　tā hū rán jué de zì jǐ yīng gāi dào
起了奶牛和牛奶，他忽然觉得自己应该到

nǎi niú chǎng qù xiè xie zhè xiē nǎi niú mā ma
奶牛场去谢谢这些奶牛妈妈。

dì èr tiān yí dà zǎo　　Dà tóu ér zi jiù zì jǐ pǎo dào
第二天一大早，大头儿子就自己跑到

89

nǎi niú chǎng qù le　　nǎi niú men dōu yǐ jīng zǎo zǎo de chū lai
奶牛 场 去了。奶牛们 都已经早早地出来

le　zài mǎn shì lù zhū de qīng cǎo dì shang bā jī bā jī chī
了，在满是露珠的青草地上 吧唧吧唧吃

tā men de měi wèi zǎo cān
它们的美味早餐。

　　　Dà tóu ér zi xiǎng le yí xià　jiù bā zhe lán gān chòng
　　大头儿子想了一下，就扒着栏杆 冲

nǎi niú dà jiào　　xiè xie nǎi niú mā ma　xiè xie nǎi niú mā
奶牛大叫："谢谢奶牛妈妈！谢谢奶牛妈

ma　　kě nǎi niú men mái tóu chī zhe　shuí yě méi you tái qǐ
妈！"可奶牛们 埋头吃着，谁也没有抬起

tóu lai biǎo shì tīng jian le　　Dà tóu ér zi jiù zài dà diǎn
头来表示听见了。大头儿子就再大点

shēng　　jiào de hóu long dōu yǎng yǎng de yào ké sou　nǎi niú
声，叫得喉咙都痒痒的要咳嗽，奶牛

men hái shi méi you tīng dào
们还是没有听到。

　　　Dà tóu ér zi xīn xiǎng　yě xǔ nǎi niú tīng bu dǒng rén
　　大头儿子心想：也许奶牛听不懂人

huà　　wǒ hái shi gěi tā men biǎo yǎn yí gè jié mù　tā men
话，我还是给它们表演一个节目，它们

dà gài jiù huì míng bai le　kě shì gěi nǎi niú men biǎo yǎn shén
大概就会明白了。可是给奶牛们表演什

me jié mù ne　　chàng gē tā men tīng bu dǒng　nàin ér gē tā
么节目呢？唱歌它们听不懂，念儿歌它

men yě tīng bu dǒng　　　zhè shí　　tā hū rán kàn jian yǒu zhī
们也听不懂……这时，他忽然看见有只

xiǎo sōng shǔ zài shù zhī shang fān gēn tou　　duì　wǒ lái fān gēn
小松鼠在树枝上翻跟头，对，我来翻跟

tou gěi nǎi niú kàn　tā men bǎo zhèng xǐ huan kàn
头给奶牛看，它们保证喜欢看。

　　　　yú shì　Dà tóu ér zi rào zhe nǎi niú chǎng de lán gān yí
于是，大头儿子绕着奶牛场的栏杆一

gè jiē yí gè fān qǐ gēn tou lai　　zhǐ jiàn tā yuè fān yuè kuài
个接一个翻起跟头来，只见他越翻越快，

yuè fān yuè yuǎn　　fān de mǎn tóu dà hàn　　chā bu duō dōu fān
越翻越远，翻得满头大汗，差不多都翻

biàn le dà bàn gè nǎi niú chǎng le　　què zhǐ yǒu yì tóu xiǎo nǎi
遍了大半个奶牛场了，却只有一头小奶

niú cóng mā ma shēn hòu tàn chu nǎo dai　shǎ shǎ de kàn le Dà
牛从妈妈身后探出脑袋，傻傻地看了大

tóu ér zi yì yǎn hòu　　lì kè yòu suō le huí qù
头儿子一眼后，立刻又缩了回去。

　　　　Dà tóu ér zi qì de yí pì gu zuò zài cǎo dì shang　　tā
大头儿子气得一屁股坐在草地上，他

bái bái fān le zhè jǐ shí gè dà gēn tou néng bú qì ma
白白翻了这几十个大跟头能不气吗？

zhè shí hou yǐ jīng kuài zhōng wǔ le　　Dà tóu ér zi pǎo
这时候已经快中午了,大头儿子跑

dào yì biān de xiǎo diàn li qù mǎi shuǐ hē　　hū rán kàn jian guì
到一边的小店里去买水喝,忽然看见柜

tái li fàng zhe yì cháng chuàn hóng tōng tōng de biān pào
台里放着一长串红彤彤的鞭炮——

hāi　　wǒ lái fàng biān pào　zhè huí nǎi niú zhǔn néng tīng jian
嗨!我来放鞭炮,这回奶牛准能听见。

Dà tóu ér zi bǎ mǎi lai de biān pào yòng shù zhī gāo gāo
大头儿子把买来的鞭炮用树枝高高

tiǎo qi　　diǎn rán hòu jiù rào zhe nǎi niú chǎng bēn pǎo qi lai
挑起,点燃后就绕着奶牛场奔跑起来。

nǎi niú men zhèng zài zhuān xīn chī cǎo　　hū rán tīng jian pī li
奶牛们正在专心吃草,忽然听见噼里

pā lā de bào zhà shēng　　xià de quán dōu tái qi le tóu　rán
啪啦的爆炸声,吓得全都抬起了头,然

hòu jiù xiàng fēng niú yí yàng luàn pǎo luàn zhuàng　　hǎo xiàng yào
后就像疯牛一样乱跑乱撞,好像要

bǎ lán gān yě zhuàng dǎo shì de　　yào bú shì sì yǎng yuán shū
把栏杆也撞倒似的,要不是饲养员叔

shu lái de kuài　　gǎn jǐn miè le biān pào　zhēn bù zhī dao zhè
叔来得快,赶紧灭了鞭炮,真不知道这

xiē bèi xià fēng le de nǎi niú huì bu huì bǎ yì biān de fáng zi
些被吓疯了的奶牛会不会把一边的房子

dōu gěi zhuàng tā
都给 撞 塌。

wǒ　　wǒ shì xiǎng lái xiè xie nǎi niú mā ma de
"我……我是 想 来谢谢奶牛妈妈的！"

Dà tóu ér zi hài pà de duì shū shu shuō
大头儿子害怕地对叔叔说。

shū shu mō mo Dà tóu ér zi　yuán liàng le tā
叔叔摸摸大头儿子，原 谅了他。

bú guò hòu lái lián xù hǎo jǐ tiān　nǎi niú kàn jian Dà tóu
不过后来连续好几天，奶牛看见大头

ér zi jiù xià de　mōu mōu　zhí jiào　zài tā men yǎn li
儿子就吓得"哞哞"直叫，在它们眼里，

Dà tóu ér zi biàn chéng le yì zhī xià sǐ rén de dà pào
大头儿子变 成 了一只吓死人的大炮

zhang
仗。

hěn cháng hěn cháng de guǎn zi
很 长 很 长 的 管 子

Dà tóu ér zi zài chǔ cáng shì li zhǎo chu lai hěn duō cháng
大头儿子在储藏室里找出来很多长

cháng de guǎn zi　　wǒ bǎ tā men jiē qi lai　　lián de hěn
长 的 管 子:"我 把 它 们 接 起 来, 连 得 很

cháng hěn cháng hěn cháng　　rán hòu yì tóu fàng zài nǎi niú de
长 很 长 很 长, 然 后 一 头 放 在 奶 牛 的

dù zi shang　　yì tóu fàng zài jiā li　　zhè yàng wǒ men jiù bú
肚 子 上, 一 头 放 在 家 里, 这 样 我 们 就 不

yòng měi tiān dào nǎi zhàn qù qǔ nǎi le　　zhǐ yào zài jiā li jiù
用 每 天 到 奶 站 去 取 奶 了, 只 要 在 家 里 就

能 从 管 子 里 直 接 喝 到 牛 奶 ，而 且 还 不 要
付 钱 。"大 头 儿 子 真 为 自 己 的 好 办 法 感
到 骄 傲 。

可 是 被 接 得 很 长 很 长 很 长 的 管
子 从 家 里 伸 到 奶 牛 场 ，要 穿 过 一 条 马
路 、一 个 小 树 林 ；经 过 一 个 邮 筒 、一 个 小
报 摊 ，这 些 地 方 人 特 别 多 ，车 也 特 别 多 ，
长 长 的 管 子 不 是 这 儿 被 碰 破 了 ，就 是
那 儿 给 踩 裂 了 。要 是 真 有 牛 奶 流 过 来 ，只
会 流 在 路 上 ，绝 对 流 不 到 大 头 儿 子 的 家
里 ，那 还 有 什 么 意 思 呢 ？

大 头 儿 子 皱 着 眉 头 在 这 段 路 上 来

huí zǒu　　dāng tā dì　　cì zǒu dào nǎi niú chǎng de shí hou
回走，当他第100次走到奶牛场的时候，

yòu pèng dào le nà wèi sì yǎng yuán shū shu　　Dà tóu ér zi
又碰到了那位饲养员叔叔，大头儿子

biàn jiāng zì jǐ xiǎng zuò de shì qíng quán bù gào su le tā
便将自己想做的事情全部告诉了他，

zuì hòu shuō　　wǒ zài yě xiǎng bu chū shén me hǎo bàn fǎ
最后说："我再也想不出什么好办法

le　shū shu　nǐ néng bāng bang wǒ ma
了，叔叔，你能帮帮我吗？"

shū shu sǒng song shuāng jiān shuō　　zhè ge máng wǒ bù
叔叔耸耸双肩说："这个忙我不

néng bāng
能帮。"

wèi shén me　　Dà tóu ér zi xīn xiǎng zhè ge shū shu
"为什么？"大头儿子心想这个叔叔

kàn qi lai bú xiàng gè xiǎo qì shū shu ya
看起来不像个小气叔叔呀！

yīn wei nǎi niú mā ma yào shēng qì de
"因为奶牛妈妈要生气的。"

Dà tóu ér zi dèng dà yǎn jing kàn zhe shū shu hái shi
大头儿子瞪大眼睛看着叔叔还是

wèn　　wèi shén me
问："为什么？"

　　　yīn wei nǐ méi you zài nǎi niú chǎng láo dòng guo　zěn
　"因为你没有在奶牛场劳动过，怎

me kě yǐ bái bái de hē nǎi niú de nǎi ne
么可以白白地喝奶牛的奶呢？"

　　　zhè shí hou　　nǎi niú chǎng de shū shu ā yí men yǐ
　　这时候，奶牛场的叔叔阿姨们已

jīng shàng bān le　zhǐ jiàn tā men yǒu de zài chú cǎo　yǒu de
经上班了，只见他们有的在锄草，有的

zài gěi nǎi niú xǐ zǎo　hái yǒu de zài wèi nǎi niú àn mó dù
在给奶牛洗澡，还有的在为奶牛按摩肚

zi　　　Dà tóu ér zi zhōng yú zài xīn li míng bai le　wèi
子……大头儿子终于在心里明白了：为

shén me tā men dào nǎi zhàn qù qǔ nǎi bì xū fù qián
什么他们到奶站去取奶必须付钱！

　　　nà　　　　wǒ néng tì nǎi niú mā ma gàn shén me ne
　"那……我能替奶牛妈妈干什么呢？"

Dà tóu ér zi yí xià zi xiǎng bu chū lái
大头儿子一下子想不出来。

　　　shū shu zhǐ zhi tā shǒu li de guǎn zi　　bǎ guǎn zi yì
　　叔叔指指他手里的管子："把管子一

tóu jiē zài shuǐ lóng tóu shang　　yì tóu wò zài nǐ de shǒu
头接在水龙头上，一头握在你的手

zhōng　qù bǎ niú péng lǐ miàn chōng xǐ gān jìng　Dà tóu ér
中，去把牛棚里面冲洗干净。"大头儿

97

子赶紧按叔叔说的去做。尽管牛棚里全是牛粪,很臭很臭,熏得大头儿子好几次都想逃出来,可当他一想到从此以后就可以不花钱在家里直接喝到牛奶,也就忍住了,还把牛棚外面也冲洗得非常干净。

"可是这长长的管子已经弄脏了……"干完出来以后大头儿子又有了发愁的事情。

叔叔笑着说:"你放心吧,明天早晨保证你能在家里喝到最干净的牛奶。"

第二天早晨，当大头儿子刚刚醒来，就看见窗外停着一辆大大的奶牛形状的牛奶车，它就是从奶牛场开出来的，是专门为那些在奶牛场劳动过的大人小孩，送去最新鲜的牛奶的！

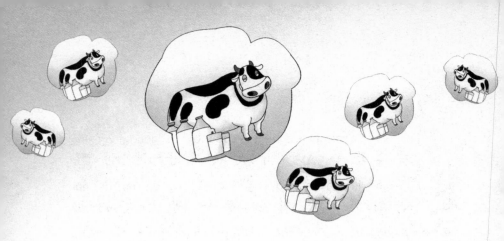

sān yuè jiǔ rì　nǎi niú jié
三月九日"奶牛节"

zhè yí dà zǎo　jiù jiàn Dà tóu ér zi pīn mìng wǎng nǎi
这一大早,就见大头儿子拼命往奶

niú chǎng pǎo　tā yǒu shén me jí shì ya
牛场跑,他有什么急事呀?

yuán lái　Dà tóu ér zi gāng gāng cái zhī dao jīn tiān shì
原来,大头儿子刚刚才知道今天是

Sān Bā　Fù nǚ Jié　Wéi qún mā ma yào guò fù nǚ jié　nǎi
"三八"妇女节。围裙妈妈要过妇女节,奶

niú mā ma yě yào guò　yīn wei tā men dōu shì mā ma ma　kě
牛妈妈也要过,因为它们都是妈妈嘛!可

sì yǎng yuán men dōu méi you xiǎng dào　xiàn zài Dà tóu ér zi
饲养员们都没有想到。现在大头儿子

shì yào jí zhe gǎn guo qu gào su sì yǎng yuán　tā men tīng le
是要急着赶过去告诉饲养员,他们听了

一定会拍着脑袋说："哎呀呀呀，我们怎

么从来没有想到过？多亏了大头儿子！"

然后他们就给每头奶牛打扮打扮，再分

给它们一些好吃的——也就是从市场

上买来的鲜嫩草，因为这阵子奶牛场

上的草不多。

大头儿子这么想着跑着，就到了奶牛

场，奶牛们像以往一样低头找着嫩

草吃，一点也不像过节的样子！

"奶牛妈妈！今天是你们的节日知道

吗？"大头儿子兴奋地停住对奶牛说，

"等会儿饲养员会喂你们吃最嫩最嫩、

最鲜最鲜的草，你们高兴吗？不过你们

不能抢。"

"节日？奶牛的什么节日？"一个饲

养员阿姨正好走过来，她听见了问。

"三八妇女节呀！我妈妈是妇女，那奶

牛妈妈也是妇女嘛！"大头儿子又认真、

又欢喜地说。

没想到阿姨听了笑起来："你这孩

子，亏你想得出，三八妇女节是人类的节

日，怎么可以和动物连在一起？"

"要是奶牛妈妈不算就不公平，奶牛

妈妈多么好啊，每天挤出那么多牛奶给我

men dà jiā chī
们 大 家 吃！"

ā yí xiǎng le yí xià shuō　　zhè yàng ba　　wǒ men
阿 姨 想 了 一 下 说："这 样 吧， 我 们

chóng xīn dìng yí gè rì zi jiào　nǎi niú jié
重 新 定 一 个 日 子 叫 '奶 牛 节'。"

nǎi niú jié　hā　tài hǎo le　wǒ zěn me méi you xiǎng
奶 牛 节？哈！太 好 了！我 怎 么 没 有 想

dào ne　Dà tóu ér zi lián lián pāi shǒu　jiù chà méi you tiào qi
到 呢？大 头 儿 子 连 连 拍 手， 就 差 没 有 跳 起

lai qīn yi qīn zhè wèi ā yí
来 亲 一 亲 这 位 阿 姨。

jiù zài zhè tiān wǎn shang de diàn shì jié mù li　bō yīn
就 在 这 天 晚 上 的 电 视 节 目 里， 播 音

yuán shuō le zhè yàng yí duàn huà　yǒu gè hái zi jiàn yì
员 说 了 这 样 一 段 话："有 个 孩 子 建 议

míng tiān　yě jiù shì sān yuè jiǔ rì wéi　nǎi niú jié　què
明 天 、 也 就 是 三 月 九 日 为 '奶 牛 节'，确

dìng zhè yàng yí gè jié rì shì wèi le gǎn xiè nǎi niú mā ma xīn
定 这 样 一 个 节 日 是 为 了 感 谢 奶 牛 妈 妈 辛

kǔ de jǐ nǎi gěi wǒ men dà jiā chī
苦 地 挤 奶 给 我 们 大 家 吃。"

méi xiǎng dào dì èr tiān　cóng zǎo chen dào wǎn shang
没 想 到 第 二 天， 从 早 晨 到 晚 上

不断地有人来到奶牛场，祝贺奶牛妈妈

的节日。他们给奶牛妈妈送来的生日礼

物各种各样：玩具小奶牛、印有奶牛图

案的牛奶壶和牛奶杯、印有奶牛图案的太

阳伞（夏天可以让奶牛妈妈遮阳）、画着

奶牛的旗子和气球……而最重要的礼物

是每个来给奶牛妈妈祝贺节日的人，都带

来了一把青草的种子，并将它们撒在

奶牛场上。

这样一个"奶牛节"是大头儿子万

万没有想到的，原来有这么多的人爱

着奶牛妈妈呀！

一顶漂亮的奶牛草帽

yì dǐng piào liang de nǎi niú cǎo mào

Wéi qún mā ma lǚ yóu huí lai　　yí jìn jiā mén　Dà tóu
围裙妈妈旅游回来，一进家门，大头

ér zi jiù jīng xǐ de jiào qi lai　　à　　yì dǐng nǎi niú cǎo
儿子就惊喜地叫起来："啊！一顶奶牛草

mào　 kuài gěi wǒ dài dai
帽！快给我戴戴！"

Wéi qún mā ma jí máng yòng shuāng shǒu hù zhù tóu　 bié
围裙妈妈急忙用双手护住头："别

nòng huài le　 nòng huài le zhè er kě mǎi bu dào　　 tā shuō
弄坏了，弄坏了这儿可买不到。"她说

wán jiāng cǎo mào ná xia lai　 xiǎo xīn de guà dào qiáng shang
完将草帽拿下来，小心地挂到墙上，

"用它装饰房间比戴在头上还要好
看！"

这是一顶黑白两色的草帽，图案就
跟奶牛一样，看上去又可爱，又漂亮。

大头儿子生气地一撅嘴巴，心想：哼！
等你不在家的时候我偏拿下来戴。

果然没过几天，围裙妈妈有事要出
门，小头爸爸在书房里忙着打电脑。大
头儿子就轻轻爬到凳子上，把奶牛草
帽给拿了下来。可惜，大头儿子头太大，戴
不进去，只能像杂技演员那样把草帽
顶在头上。

哎，奶牛看见这顶草帽会怎么样呢？会知道它是一顶草帽还是会以为它是一头小奶牛呢？这么一想，大头儿子就拿着奶牛草帽悄悄走出家门，然后往奶牛场飞奔而去。

大头儿子先顶着奶牛草帽喊："奶牛妈妈，快看我头上顶着什么？"奶牛们光顾着低头吃草，谁也没看。

大头儿子又把草帽拿在手里一个劲挥："奶牛妈妈，快看我手上拿着什么！"奶牛们吃草吃得正香，谁也不理他。

Dà tóu ér zi jí le　　　biàn bǎ cǎo mào rēng dào nǎi niú
大头儿子急了，便把草帽扔到奶牛

men zhōng jiān　　zhè guǒ rán guǎn yòng　　lí cǎo mào zuì jìn de
们 中 间，这果然管用，离草帽最近的

wǔ tóu nǎi niú tóng shí tíng xia bù chī cǎo le　　dōu bǎ mù guāng
五头奶牛同时停下不吃草了，都把目 光

zhuǎn xiàng dì shang de cǎo mào　　rán hòu zǒu guo qu le
转 向地上的草帽，然后走过去了……

Dà tóu ér zi gāo xìng de zhí pāi shǒu　　nǐ men xǐ
大头儿子高兴得直拍手："你们喜

huan zhè dǐng cǎo mào duì ma　　bú guò　　tā kě bú shì xiǎo nǎi
欢这顶草帽对吗？不过，它可不是小奶

niú o　　　Dà tóu ér zi shuō zhe shuō zhe　　hū rán yí xià
牛哦……"大头儿子说着说 着，忽然一下

méi le shēng yīn　　zhǐ jiàn wǔ tóu nǎi niú kāi shǐ yòng zuǐ ba
没了声音，只见五头奶牛开始用嘴巴

zhēng qiǎng qi zhè dǐng cǎo mào　　hǎo xiàng shì wén chu le zhè
争 抢起这顶草帽，好像是闻出了这

shì yí yàng fēi cháng hǎo chī de dōng xi
是一样非常 好吃的东西！

à　　bié　　　bù néng chī　　Dà tóu ér zi dà jiào
"啊！别……不能吃！"大头儿子大叫

zhe chōng guo qu qiǎng　　jié guǒ qiǎng de cǎo mào yì quān yì
着 冲过去抢，结果抢得草帽一圈一

圈散开了，散成一长条，一端在大头
儿子手里，另一端在一头最大、最壮的
奶牛姑妈的大嘴里，大头儿子拼足全身
力气拉，"扑！"结果一长条"草帽"被
抢成两截，一截在大头儿子手中摇
晃，一截很快就被奶牛姑妈吃到肚子里
去了。大头儿子愣了半天，才想起来绕
到奶牛姑妈的屁股后面，或许它会把吃
下去的半个草帽拉出来，可等了半天它
也没拉。

后来奶牛姑妈走到哪里，大头儿子就
跟到哪里。终于在天快黑的时候等到

nǎi niú gū mā lā shǐ le　　 tā lā chu lai de shǐ yì quān yì
奶牛姑妈拉屎了，它拉出来的屎一圈一

quān duī qǐ lai　　dào hěn xiàng yì dǐng cǎo mào　 zhǐ kě xī tā
圈堆起来，倒很像一顶草帽，只可惜它

bú shì cǎo mào　　ér shì chòu chòu de niú fèn
不是草帽，而是臭臭的牛粪。

lú huā gōng jī dà bèn dàn
芦花公鸡大笨蛋

gé bì yǒu yì zhī lú huā gōng jī　　lǎo yào lái qī fu bái
隔壁有一只芦花公鸡，老要来欺负白

mǔ jī　　hēi gōng jī yǒu shí hou huì qù bāng máng　　yǒu shí hou
母鸡，黑公鸡有时候会去帮忙，有时候

zì jǐ zhǎo chóng zi chī jiù gù bu shàng bái mǔ jī le　　　Dà
自己找虫子吃就顾不上白母鸡了。大

tóu ér zi yě qù bāng guo jǐ cì máng　　kě lú huā gōng jī
头儿子也去帮过几次忙，可芦花公鸡

cái bú pà tā ne　　fǎn ér zhuó bái mǔ jī zhuó de gèng xiōng
才不怕他呢，反而啄白母鸡啄得更凶。

111

"我在这儿画过线了，要是你再敢走过来欺负白母鸡，我就对你不客气！"大头儿子用树枝在泥地上画下一根长长的线，一边指着，一边大声告诉芦花公鸡，芦花公鸡低头看看，心想：这是什么玩意？就用爪子在线上扒拉几下，线就看不清楚了。

"你——"大头儿子气得用脚去踢芦花公鸡的屁股，没想到这芦花公鸡好厉害，竟转身追着大头儿子要狠狠啄他一口，吓得大头儿子拼命逃，因为他听奶奶说村里有过小孩被鸡啄瞎眼睛的

112

shì qing
事情。

Dà tóu ér zi táo dào le yì kē dà shù shang　　lú huā
大头儿子逃到了一棵大树上，芦花

gōng jī shàng bu qù le　 jiù wéi zhe dà shù　hēng hēng　jiào
公鸡上不去了，就围着大树"哼哼"叫

zhe zhuàn le jǐ quān　cái zǒng suàn lí kāi　　hái hǎo tā bú
着转了几圈，才总算离开。"还好它不

huì fēi　　xià shù de shí hou Dà tóu ér zi xiōng kǒu dōng dōng
会飞。"下树的时候大头儿子胸口咚咚

tiào zhe zhè me xiǎng
跳着这么想。

kě dāng tā yuǎn yuǎn de kàn jian lú huā gōng jī yòu zài
可当他远远地看见芦花公鸡又在

nà er qī fu bái mǔ jī　　mǎ shàng yòu qì de yá yǎng yǎng
那儿欺负白母鸡，马上又气得牙痒痒

de　　wǒ yí dìng yào jiào tā zài yě bù gǎn qī fu bái mǔ jī
的，我一定要叫它再也不敢欺负白母鸡！

Dà tóu ér zi dòng dong nǎo jīn　biàn yǒu le zhǔ yi　　tā dūn
大头儿子动动脑筋，便有了主意。他蹲

zài shù xià　yòng ní bā cuō le xǔ duō zǐ dàn　yòng lì cháo
在树下，用泥巴搓了许多子弹，用力朝

lú huā gōng jī zá qu　hā　　zá zài tóu shang yí xià　hā
芦花公鸡砸去：哈！砸在头上一下；哈！

砸在身上一下；哈！砸在尾巴上一下

……可芦花公鸡好像不怕这些子弹，它

一边躲避着，一边还是向白母鸡靠近，

伸出长长的脖子，啄得白母鸡边叫

边逃。"哼！"大头儿子愤怒地将剩下的

十几颗子弹一起朝芦花公鸡扔过去。

不过第二天大头儿子带着公鸡母鸡

出来玩时，自己却躲在大树后面笑嘻嘻

地等着芦花公鸡来欺负白母鸡。

"来了，来了……"远远地只见芦花

公鸡又威风地朝白母鸡跑过去，可它这

回只啄了一下，就不啄了，而是一个劲地

114

猛甩起自己的脑袋，然后又把尖嘴巴放在地上来回磨，好像嘴巴被什么东西粘住了，难受得要命。"哈哈哈哈……"这一切让大头儿子看得乐坏了，原来他把口香糖拉长以后，绕在了白母鸡的身上。

"口香糖，真厉害，粘住嘴巴张不开，芦花公鸡大笨蛋，看你下回再敢来。"等芦花公鸡转身跑回家去以后，大头儿子就大声唱着这首新编的儿歌，也带着公鸡母鸡回家去了。

"哎呀！这白母鸡咋成这样了？"一

115

进门，奶奶看着白母鸡忽然叫起来，大头儿子低头一看，自己也愣住了，只见白母鸡身上粘满了树叶、纸片、枯草、泥巴等各种垃圾，就好像是刚从垃圾箱里钻出来的。

吓哭了小灰狼
xià kū le xiǎo huī láng

Dà tóu ér zi wèi le zhàn shèng lú huā gōng jī zài bái
大头儿子为了战 胜芦花公鸡，在白

mǔ jī shēn shang zhān le hěn duō kǒu xiāng táng hòu lái yé
母鸡身 上 粘了很多口香糖，后来爷

ye huā le yí gè wǎn shang de shí jiān cái yòng jiǎn dāo yì
爷花了一个晚 上 的时间，才用剪刀一

diǎn yì diǎn jiǎn qu bái mǔ jī shēn shang zhān yǒu kǒu xiāng táng
点一点剪去白母鸡身 上 粘有口香糖

de jī máo
的鸡毛。

"可是、可是它看上去太难看了！"

等爷爷剪完以后大头儿子叫起来，然后他赶紧跑进屋，把所有的镜子都用报纸遮住，"这样白母鸡自己就看不见了！"

原先的母鸡一身洁白、蓬松的鸡毛，看上去又干净又可爱，现在身上的鸡毛被剪得高低不平，好像生了什么严重的皮肤病似的。

"真是对不起！"大头儿子摸着白母鸡轻声说。

更糟糕的是村里一些小孩子看见了，都用小石子砸白母鸡，嘴里骂它："癞

痫鸡！害人鸡！"还用两只手把自己家的

鸡从白母鸡身边轰开，生怕被传染

上。原先村口那片小森林里，总是鸡

最多的地方，因为森林里有鸡爱吃的小

虫子。现在小森林里却是静悄悄的，只

有大头儿子带着公鸡母鸡。

有一天下午，大头儿子在静静的小

森林里望着对面的山忽然害怕起来：

现在小森林里没有别的人和别的鸡，要

是大灰狼来了怎么办？它会把公鸡母鸡

以及大头儿子全都吃掉的……就在大头

儿子这么想着的时候，真的看见从对

miàn shān shang cuān chu lai yì zhī　　shì yì zhī xiǎo huī
面 山 上 蹿 出 来 一 只……是 一 只 小 灰

láng　zhǐ jiàn tā cháo xiǎo sēn lín li kàn zhe　rán hòu zhāng kai
狼 ，只 见 它 朝 小 森 林 里 看 着 ，然 后 张 开

zuǐ ba　áo áo　zhí jiào　hǎo xiàng zài duì Dà tóu ér zi
嘴 巴 “嗷 嗷” 直 叫 ， 好 像 在 对 大 头 儿 子

shuō　wǒ è la　wǒ yào guò lai chī nǐ men la
说 ：“我 饿 啦 ！我 要 过 来 吃 你 们 啦 ！”

jué bù néng ràng xiǎo huī láng guò lai　Dà tóu ér zi
“绝 不 能 让 小 灰 狼 过 来 ！”大 头 儿 子

zhè me yì xiǎng　jiù gǎn jǐn dūn xia lai duì gōng jī shuō
这 么 一 想 ， 就 赶 紧 蹲 下 来 对 公 鸡 说 ：

kuài jiào　nǐ kuài jiào　bǎ xiǎo huī láng xià pǎo　gōng jī
“快 叫 ，你 快 叫 ，把 小 灰 狼 吓 跑 ！”公 鸡

zhèng qǐ jìn de zhǎo chóng chī　gēn běn bù lǐ dà tóu ér zi
正 起 劲 地 找 虫 吃 ，根 本 不 理 大 头 儿 子 ，

Dà tóu ér zi zhǐ hǎo zài qù duì mǔ jī shuō　kě mǔ jī yě shì
大 头 儿 子 只 好 再 去 对 母 鸡 说 ，可 母 鸡 也 是

tóng yàng bù lǐ Dà tóu ér zi
同 样 不 理 大 头 儿 子 。

Dà tóu ér zi yì zháo jí　jiù zì jǐ bǎ shou zhǎng
大 头 儿 子 一 着 急 ， 就 自 己 把 手 掌

quān zài zuǐ biān　wō wō　jiào qi lai　méi xiǎng dào Dà tóu ér
圈 在 嘴 边 “喔 喔” 叫 起 来 ，没 想 到 大 头 儿

120

zi zhè me yí jiào　　què ràng gōng jī tái qǐ tóu　　cháo hēi hū
子这么一叫，却让公鸡抬起头，朝黑乎

hū de sēn lín li wàng le wàng　　yǐ wéi shì zì jǐ chī chóng
乎的森林里望了望，以为是自己吃虫

zi chī hūn le tóu　　lián tiān liàng le dōu bù zhī dao　　yú shì gǎn
子吃昏了头，连天亮了都不知道，于是赶

jǐn gēn zhe Dà tóu ér zi　　wō wō wō　　　　de dà shēng jiào
紧跟着大头儿子"喔喔喔——"地大声叫

qǐ lai
起来。

　　sēn lín li de xiǎo niǎo dōu zài shù shang shuì wǔ jiào　　tā
森林里的小鸟都在树上睡午觉，它

men hū rán tīng dào gōng jī de dà jiào shēng　　hú li hú tú
们忽然听到公鸡的大叫声，糊里糊涂

de yǐ wéi xiàn zài shì zǎo chen ne　　biàn yì qǐ zài shù wō li
地以为现在是早晨呢，便一起在树窝里

tàn chū nǎo dai　　zhā zhā zhā　　jiào gè bù tíng　　mǔ jī jiàn sēn
探出脑袋，"喳喳喳"叫个不停。母鸡见森

lín li hū rán zhè me rè nao　　yě xīng fèn qǐ lai　　méi xià dàn
林里忽然这么热闹，也兴奋起来，没下蛋

què　　gē dā gē dā　　de zhí jiào　　hái shān zhe chì bǎng fēi lai
却"咯哒咯哒"地直叫，还扇着翅膀飞来

fēi qu
飞去……

yuǎn yuǎn de　　xiǎo huī láng jiàn sēn lín　li　yí xià zi
远 远 地， 小 灰 狼 见 森 林 里 一 下 子

chuán chu zhè me duō shēng yīn　　xià de fǎn ér bú jiào le
传 出 这 么 多 声 音， 吓 得 反 而 不 叫 了，

dèng zhe yǎn jing zhí qiáo　　zuì hòu tā hǎo xiàng kū yí yàng lā
瞪 着 眼 睛 直 瞧， 最 后 它 好 像 哭 一 样 拉

cháng shēng yīn　　áo　　　áo　　　　le liǎng shēng　 jiù
长 声 音 "嗷——嗷——" 了 两 声， 就

zhuǎn shēn bú jiàn le
转 身 不 见 了。

　　　　ò　　wǒ men shèng lì lou　　xiǎo huī láng xià kū lou
"哦！我 们 胜 利 喽！小 灰 狼 吓 哭 喽！

táo pǎo lou　　　Dà tóu ér zi gāo xìng de zuǒ shǒu bào qi gōng
逃 跑 喽！"大 头 儿 子 高 兴 地 左 手 抱 起 公

jī　　yòu shǒu bào qi mǔ jī　　zài sēn lín li wéi zhe dà shù
鸡， 右 手 抱 起 母 鸡， 在 森 林 里 围 着 大 树

zhuàn quān
转 圈。

bān diǎn gǒu guò shēng ri
斑点狗过生日

今天早晨大头儿子一边刷牙，一边
想起一件非常重要的事情：明天5月
5日是斑点狗的生日。

"妈妈，你别忘记给男子汉买一个生日蛋糕噢！"

"狗又不能吃甜食，买什么生日蛋糕？"

那倒是的，狗吃了甜食会掉毛。"那你给它买一根世界上最大的香肠代表生日蛋糕。"大头儿子想到时候他会告诉大家的。

"我还要给男子汉请几个朋友。"大头儿子又提出。

围裙妈妈想了想，说："好吧，不过最多不能超过五个。"

　　　　　xiè xie mā ma　　　　Dà tóu ér zi gāo xìng de bǎ bān
　"谢谢妈妈！"大头儿子高兴得把斑

diǎn gǒu yí xià jǔ dào kōng zhōng　　xià de bān diǎn gǒu wū wū
点狗一下举到空中，吓得斑点狗呜呜

zhí qiú ráo
直求饶。

　　　　　dì èr tiān　　Dà tóu ér zi hěn zǎo jiù qǐ lai le　 tā
　　第二天，大头儿子很早就起来了，他

bào zhe bān diǎn gǒu děng zài mén kǒu　　yào wèi lái cān jiā shēng
抱着斑点狗等在门口，要为来参加生

ri huì de wǔ gè péng you kāi mén
日会的五个朋友开门。

　　　　　dīng dōng　　　dì yī wèi péng you lái le　　tā shì yì
　"丁冬！"第一位朋友来了，它是一

zhī fēi cháng kě ài de juǎn máo gǒu
只非常可爱的卷毛狗……

　　　　　shén me　　　nǐ qǐng lai de wǔ gè péng you shì wǔ zhī
　"什么？你请来的五个朋友是五只

gǒu　　Wéi qún mā ma zhàn zài chú fáng mén kǒu　　pěng zhe yí
狗？"围裙妈妈站在厨房门口，捧着一

dà kuài zhǔn bèi zuò xiāng cháng de ròu chī jīng de wèn
大块准备做香肠的肉吃惊地问。

　　　　　shì a　　Dà tóu ér zi qí guài de kàn zhe mā ma
　"是啊，"大头儿子奇怪地看着妈妈，

nǐ zuó tiān bú shì tóng yì de ma
"你昨天不是同意的吗？"

wǒ tóng yì de shì qǐng wǔ gè nǐ de péng you
"我同意的是请五个你的朋友！"

yòu bú shì wǒ guò shēng ri gàn má yào qǐng wǒ de
"又不是我过生日，干吗要请我的

péng you ya Dà tóu ér zi gèng qí guài le
朋友呀？"大头儿子更奇怪了。

tā men zhèng shuō zhe mén líng yòu dīng dōng yì
他们正说着，门铃又"丁冬"一

shēng dì èr wèi péng you shì yì zhī tuǐ hěn duǎn hěn duǎn de
声，第二位朋友是一只腿很短很短的

xiāng cháng gǒu
香肠狗。

jīn tiān wǒ men jiā zhēn chéng le gǒu wō le Wéi
"今天我们家真成了狗窝了！"围

qún mā ma shēng qì de zhuǎn shēn jìn chú fáng pīng pīng pāng
裙妈妈生气地转身进厨房乒乒乓

pāng kāi shǐ qiē ròu
乓开始切肉。

dīng dōng dì sān wèi péng you shì dài zhe mào zi de
丁冬！第三位朋友是戴着帽子的

guì fēi gǒu
贵妃狗。

126

丁冬！第四位朋友是大眼睛的哈巴狗。

丁冬！第五位朋友是毛短短的沙皮狗。

六只狗碰到一起，都"汪汪汪"大声叫起来。围裙妈妈捂着耳朵说："让它们安静！安静！"

"它们在一起唱 生日歌哩，你听不懂的！"大头儿子在一边高兴地打拍子。

当围裙妈妈把香肠一端出来，小狗们唱着的"生日歌"立刻跑了调，变成"呜呜"、"啊啊"、"丝丝"、"哼哼"的

zhēng duó shēng　zhǐ yí huì er　　yì gēn shì jiè shang zuì dà
争夺声,只一会儿,一根世界上最大
de xiāng cháng jiù xiāo shī le　　ér Dà tóu ér zi nà jù　 xiāng
的香肠就消失了。而大头儿子那句"香
cháng dài biǎo nán zǐ hàn de shēng rì dàn gāo　de huà dōu hái
肠代表男子汉的生日蛋糕"的话都还
méi lái de jí shuō chu lai ne
没来得及说出来呢!

图书在版编目(ＣＩP)数据

斑点狗过生日/郑春华著.—上海：少年儿童出版社，
2008.1
("大头儿子和小头爸爸"拼音版)
ISBN 978-7-5324-7485-1

Ⅰ.斑... Ⅱ.郑... Ⅲ.汉语拼音—儿童读物 Ⅳ.H125.4
中国版本图书馆CIP数据核字 (2007) 第172370号

"大头儿子和小头爸爸"拼音版
斑点狗过生日

郑春华 著
叶雄图文工作室 画
朱 慧 扉页图
费 嘉 装帧

责任编辑 唐池子　美术编辑 费　嘉
责任校对 黄　岚　技术编辑 裘兴海

出版发行　上海世纪出版股份有限公司 少年儿童出版社
地址：上海延安西路 1538 号　邮编：200052
易文网：www.ewen.cc 少儿网：www.jcph.com
电子邮件：postmaster @ jcph.com

印刷　上海商务联西印刷有限公司
开本：889×1194　1/32　印张：4.125　字数：26 千字　插页：4
2009 年 6 月第 1 版第 4 次印刷
ISBN 978-7-5324-7485-1 / I·2700
定价：10.00 元